한 권으로 끝내는 수능 시 문학 완성

이과생을 위한
시 독해 매뉴얼

한 권으로 끝내는 수능 시 문학 완성

이과생을 위한
시 독해 매뉴얼

김똑군 지음

독해력을 키워서, 나답게, 아름답게!

"다음 글을 읽고 물음에 답하시오."

시험 문제지, 지문 바로 위에 있는 이 문장은 지문을, 글을
독해하면 답을 찾을 수 있다는 의미다.
그런데 국가에서 주관하는 시험에는 배우지 않은,
처음 보는 글이, 시가 십중팔구 출제되므로
독해력이 시험 성적을 좌우한다.
그래서 누군가의 도움 없이, 스스로 글을 읽고
이해할 수 있는 독해력을 키워야만 한다.

시험에 출제되는 현대시는 서정시다.
서정시는 화자의 정서를 중심으로 화자 또는 시적 대상의
행위와 이들이 살아가는 시공간을 엮어 사람의,
생명의 삶을 이야기한 시다.
따라서 서정시를 독해하려면
정서와 행위, 시공간을 독해하면 된다.

먼저, 시의 제목으로 주제나 시적 대상을 추리하고
정서와 행위, 시공간이 표현된 시어를 뜯어 모아 엮어
시의 중심 내용을 파악한다.
이후 독해가 어려운, 의미가 애매모호한 시어를
독해가 되는 시어로 독해하면,
즉 시어로 시어를 독해하면 누군가의 도움 없이,
스스로 시를 독해할 수 있다.

이러한 '스스로 시 독해법'을 이 책으로 익히면 시뿐만 아니라
다른 장르의 글들도 더 빠르게 더 정확하게 독해할 수 있다.

독해력이 부족하면 스마트폰에, 인공지능에 의존하다가
중독당해서 주체성과 자존감을 잃어버릴 수 있다.

다시 말해
독해력을 키우면
나는 나, 나답게 아름답게 즐겁게 살 수 있다.

2026년 3월
김배균

차례

3장   수능 현대시 기출 문제 분석

1장

시와 친해지기

1. 왜, 시는 어렵게 느껴질까

"향 맑은 옥돌에 불이 달아 / 사랑은 타기도 하오련만"

"별밭은 또 그리 멀리 / 우리 오누이의 머리 맞댄
골방안 되어"

"행동이 죽음에서 나오는 / 이 욕된 교외에서는"

"수만의 잎은 제각기 / 몸을 엮는 하루를 가누고"

"자정 넘으면 / 낯설음도 뼈아픔도 다 설원인데"

"불타는 소신공양 틈새 가난한 소지"

"벌써 숯이 된 뼈 하나가 / 세상에 불타는 것들을
쓰다듬고 있나니"

"밤은 내가 밤이다 하고 말하려는 듯 어둠이 눈을
멀뚱거린다"

"인연은 갈밭을 건너는 바람"

"결별이 이룩하는 축복에 싸여 / 지금은 가야 할 때"

"곰처럼 어린 놈이 북극을 꿈꾸는데"

"가지에게 담은 / 무명에 획을 긋는 / 도박이자
도반이었을 것이다"

"그립던 깃발이 눈뿌리에 사무치는 푸른 하늘이었다"

앞의 시구들은 대학수학능력시험에 출제된 시구들이다.
학생들이 이런 시구들을 어려워하고, 나아가
'시는 어려워!'라고, 생각하는 까닭은 무엇일까?

첫째, 단어가 낯설게 배열되었기 때문이다.

'행동', '죽음', '욕된', '교외'
이 시어들은 일상에서 많이 쓰이는 쉬운 단어지만,
'행동이 죽음에서 나오는 이 욕된 교외에서는'
이렇게 배열되어 쓰이는 것은
김수영의 〈사령〉에서만 볼 수 있다.

예술은 창작이고, 창작은 새로움이다.
예술가는 새로움으로 자신의 예술 세계를 만들어 나간다.

시는 언어를 재료로 만든 예술이므로
시인은 언어를, 단어를, 시어를 낯설게 배열하여
새로움을, 자신의 세계를 만들기도 한다.

시와 친해지기

둘째, 함축적인 시어로 표현되었기 때문이다.

시는 짧다.
시인은 짧은 시 속에 깊고 넓은 정서를 담아낸다.

1:1 대응 관계를 갖는,
지시적 의미만을 지닌 시어로는
깊고 넓은 정서를
짧은 시 속에 표현하기 힘들다.

그래서 시인은,
조국, 애인 등 다양한 의미를 품고 있는
한용운의 '님'이나 '당신'처럼
함축적인 시어로 시를 쓴다.

그런데,
시인들만 쓰는 언어가, 단어가 따로 있는 것은 아니다.
낯설게 배열되고, 함축적으로 표현된 시어도
일상생활에서 쓰는 언어로, 단어로 이루어졌다.

이 사실은 시를 이해하는 출발점이다.

2. 시 속에는 무엇이 있을까?

삶은 사람이, 생명이 살아가는 것이다.
삶은 시공간 속에서 몸으로 뭔가를 하면서(행위)
머리로, 마음으로 뭔가를 생각하고 느끼는(정서) 것이다.
즉, 삶은 시공간 속의 행위와 정서로 이루어진다.

시인은 삶을 시로 쓴다. 시인은 사람을, 생명을 시적 대상으로
삼아 시적 대상의 삶을 화자를 통해 이야기한다.

시 속의 화자는 화자 자신의 삶에 대해 이야기하거나,
다른 사람이나 생명의 삶에 대해 이야기한다.
그래서 시에는 사람의, 생명의 삶이 있다.
즉, 시 속에는 시공간과 행위와 정서가 있다.

수능에 출제된 현대시는
개인의 정서를 주관적으로 표현한 '서정시'이다.

서정시는 정서를 중심으로 행위와 시공간을 엮어
사람의, 생명의 삶을 이야기한 시다.

3. 스스로 시 독해하는 법

이 책에서는 배우지 않은, 처음 보는 시를
다른 사람의 도움 없이 학생 스스로 독해하는 방법을
두 가지 제시한다.
이 스스로 시 독해법은 시험 문제를 풀이하고
시를 깊이 있게 감상하는 출발점으로 삼을 수 있다.

첫 번째는 '뜯어 모아 엮자'이다.
정서와 행위, 시공간이 표현된 시어를
'뜯어', '모아', '엮어' 시의 중심 내용을 파악하고
중심 내용을 압축하여 시의 주제를 파악할 수 있다.

두 번째는 '시어로 시어를 독해하자'이다.
일상생활에서 쓰는 언어로 이루어졌지만 낯설게 배열되고,
함축적이어서 독해가 어려운 시어를
독해가 되는 시어로 독해할 수 있다.

① 뜯어 모아 엮자

그림이나 사진을 볼 때, 전체적으로 살펴본 후,
구석구석 뜯어보고, 마치 퍼즐 조각을 맞추듯이 모아 엮어
전체적인 이미지를 만들어 감상한다.
시도 이렇게 독해하고 감상할 수 있다.
시를 처음부터 끝까지 한 번 읽어 본 뒤,
시인이 시 곳곳에 배치해 놓은 정서와 행위, 시공간을
표현하는 시어들을 뜯어 모아 엮어서
시인이 말하고자 하는 바 즉, 시의 중심 내용을 파악할 수 있다.
뜯어 모아 엮어도 시어의 위치만 변하는 셈이므로
시어의 의미도, 시의 중심 내용도 달라지지 않는다.

시를 읽고 정서와 행위를 구체적으로 서술하는
누가, 무엇을(누구를), 어떻게 그리고 행위의 조건과 이유(왜),
행위를 하는 시공간(언제, 어디서)이 표현된 시어를
뜯어 모아 엮어 중심 내용을 파악하자.

정서와 행위, 시공간을 표현하는 시어를
눈에 보이는 대로
독해하는 사람 마음대로
독해가 되는 시어부터
뜯어 모아 엮어 중심 내용을 파악하자.

② 시어로 시어를 독해하자

배운 적 없고, 처음 보는 시를 읽을 때
많은 시어를 이해하는데도 독해가 잘 안되는 시어가
한두 개만 나오면 "시는 너무 어려워. 뭔 소리를 하는 건지
하나도 모르겠어!"라고 말하는 학생이 많다.
독해가 잘 안되는 시어가 있으면
시인이 말하고자 하는 바를 파악할 수 없을까?

물론 아니다.
독해가 되는 시어로 독해가 어려운 시어를
풀어내어 시인이 말하고자 하는 바를 파악할 수 있다.

화가가 색과 점, 선, 면이 잘 어울리게 그림을 그리듯이
시인은 정서와 행위, 시공간을 표현하는 시어들이 서로 잘
어울리도록 유기적으로 결합해 말하고자 하는 바를 표현한다.

그래서, 한 편의 시 속에서 시어들은 서로 충돌하거나
모순되는 의미를 품고 있지 않다.
같은 맥락의 의미를 품고 있다.
서로 호응하는, 어울리는 의미를 품고 있다.
따라서 시어로 시어를 독해할 수 있다.

정서를 표현한 시어로
행위나 시공간을 표현한 시어를,

행위를 표현한 시어로
정서나 시공간을 표현한 시어를,

시공간을 표현한 시어로
정서나 행위를 표현한 시어를 독해할 수 있다.

또한 정서를 정서로, 행위를 행위로, 시공간을 시공간으로
독해할 수 있다. 다시 말해, 일상생활에서 쓰는 언어로
이루어졌지만 낯설게 배열되고, 함축적이어서 독해가
어려운 시어를 독해가 되는 시어로 독해할 수 있다.

독해가 되는 시어로
독해가 어려운 시어를 독해하자.

시어로 시어를 독해하자.

③ 독해법 시에 적용하기

⇨ 윤동주의 〈자화상〉을 살펴보자.

> 산모퉁이를 돌아 논가 외딴 우물을 홀로
> 찾아가선 가만히 들여다봅니다.
>
> 우물 속에는 달이 밝고 구름이 흐르고
> 하늘이 펼치고 파아란 바람이 불고 가을이 있습니다.
>
> 그리고 한 사나이가 있습니다.
> 어쩐지 그 사나이가 미워져 돌아갑니다.
>
> 돌아가다 생각하니 그 사나이가 가엾어집니다. 도로 가
> 들여다보니 사나이는 그대로 있습니다.
>
> 다시 그 사나이가 미워져 돌아갑니다.
> 돌아가다 생각하니 그 사나이가 그리워집니다.
>
> 우물 속에는 달이 밝고 구름이 흐르고 하늘이 펼치고 파
> 아란 바람이 불고 가을이 있고 추억처럼 사나이가 있습니다.

화자가 이야기하는 시적 대상을 파악해 보자.
시적 대상은 '사나이'다. '자화상'이라는 제목으로
'사나이'가 화자 자신임을 알 수 있다.

화자의 정서가 표현된 시어들을 뜯어보자.
'미워져', '가엾어집니다', '그리워집니다'는
정서가 직접적으로 표현된 시어이다.
'홀로'는 행위를 구체적으로 서술하는 '어떻게'에 해당하는데
여기서 외로움, 고독 등의 정서 또한 읽어 낼 수 있다.

화자의 행위가 표현된 시어들을 뜯어보자.
'돌아', '찾아가선', '들여다봅니다', '돌아갑니다',
'들여다보니'를 통해 알 수 있는 화자가 들여다보는 대상,
즉 행위의 대상(누구를)은 '사나이'다.

화자가 살아가는 시공간이 표현된 시어들을 뜯어보자.
'산모퉁이', '논가 외딴 우물', '달', '구름', '하늘', '바람',
'가을'을 통해 '사나이'가 있는 공간은
'우물 속'이라는 것을 알 수 있다.

위 시어들을 뜯어 모아 엮어 중심 내용을 파악해 보자.

논가 외딴 우물 속에 있는 (어디서)

사나이를 (누구를)

홀로 (어떻게 + 정서)

찾아가 들여다보니 (행위)

사나이가 (누가)

미워지고, 가엾어지고, 그리워집니다. (정서)

이처럼 정서와 행위, 시공간이 표현된 시어를 뜯어 모아 엮어 시의 중심 내용을 파악할 수 있다.

우물 속에 있는 '사나이'는

우물 속을 들여다보는 화자가 비친 것이다.

즉, 우물은 거울의 역할을 한다.

화자는 우물을 통해 '사나이'를, 자기 자신을 들여다 본다.

화자는 '사나이'와 더불어 우물 속에 비친

'달', '구름', '하늘', '바람', '가을'을 본다.

화자는 이러한 아름다운 자연과 자신을 들여다보면서,

즉 자신을 성찰하면서

자신을 미워하고, 가엾어하고, 그리워한다.

시어로 시어를 독해하자

독해가 어려운 시어는 독해가 되는 시어로 독해해 보자.
한 편의 시 안에서 화자의 정서는 모순되거나 대립하지
않는다. 일관성 있고, 통일성 있는 화자의 정서가 표현된다.
'추억처럼'은 사나이에 대한 화자의 정서가 담겨 있다.
사나이에 대한 화자의 정서는
'미워져', '가엾어집니다', '그리워집니다'이다.
따라서 '추억처럼'을 '미워져', '가엾어집니다',
'그리워집니다'로 독해할 수 있다.
즉, '추억처럼', 사나이의 지나간 일을, 지난 삶을 돌이켜
생각하니, 사나이한테 미움, 가여움, 그리움을 느낀다는 것을
'추억처럼 사나이가 있습니다'라고, 표현한 것이다.

'우물 속'에 비친, 갇혀 있는 아름다운 자연은 무엇인가?
시에서 아름답게 표현되는 시공간은 대체로 화자가 바라고
추구하고 지향하는 바를 의미한다.
또한 하늘, 달, 별처럼 인간이 고개를 들어 바라보고
우러러보는 대상은 흔히, 화자의 소망, 기원 등을 의미한다.
즉, 화자가 들여다보는 우물 속의 아름다운 자연은
화자가 지향하는 바라고 할 수 있다.
그런데 '사나이'와 아름다운 자연은 우물 속에 빠져, 갇혀 있다.

따라서 지향하는 바가 갇혀 버린 자기 자신이 미워지고 가엾고
외면하고 싶어 자신을 떠나려 하지만,
떠나려 하면 그리워져서 미워도 떠날 수 없는
정서를 표현한 시라고 독해할 수 있다.

⇨ 신석정의 〈들길에 서서〉를 살펴보자.

> 푸른 산이 흰 구름을 지니고 살 듯
> 내 머리 위에는 항상 푸른 하늘이 있다
>
> 하늘을 향하고 산림처럼 두 팔을 드러낼 수 있는 것이 얼
> 마나 숭고한 일이냐
>
> 두 다리는 비록 연약하지만 젊은 산맥으로 삼고
> 부절히 움직인다는 둥근 지구를 밟았거니……
>
> 푸른 산처럼 든든하게 지구를 디디고 사는 것은 얼마나
> 기쁜 일이냐
>
> 뼈에 저리도록 '생활'은 슬퍼도 좋다
> 저문 들길에 서서 푸른 별을 바라보자……
>
> 푸른 별을 바라보는 것은 하늘 아래 사는 거룩한 나의 일
> 과이거니……

화자가 이야기하는 시적 대상을 파악해 보자.
'내 머리', '나의 일과'를 통해 시적 대상이 나,
즉 화자 자신이라는 것을 알 수 있다.

화자의 정서가 표현된 시어들을 뜯어보자.
'숭고한', '기쁜', '뼈에 저리도록', '슬퍼도 좋다', '거룩한'은
화자의 정서가 표현된 시어다.

화자의 행위가 표현된 시어들을 뜯어보자.
'두 팔을 드러낼', '지구를 밟았거니', '지구를 디디고 사는',
'푸른 별을 바라보는', '하늘 아래 사는'

'두 팔을', '지구를', '푸른 별을'은
화자의 행위의 대상인 '무엇을'이 표현된 시어이다.

'푸른 하늘', '둥근 지구', '저문 들길', '하늘 아래'는
화자가 살아가는, 행위하는 시공간이 표현된 시어이다.

'~드러낼', '~밟았거니', '~디디고 사는', '~바라보는',
'~사는'은 화자의 행위가 표현된 시어이다.

'하늘 아래 사는' = '하늘을 향하고 산림처럼 두 팔을
드러낼 수 있는' = '숭고한 일' = '푸른 산처럼 든든하게 지구를
디디고 사는' = '기쁜 일' = '거룩한 나의 일과'

푸른 별의 의미를 이해해 보자.
내 머리 위에는 항상 푸른 하늘이 있고, 나는 하늘을 향하고
산림처럼 두 팔을 드러내고, 푸른 별을 바라보며 산다.

'푸른 하늘'을 향해 두 팔을 드러내고
'푸른 별'을 바라보는 행위는 '푸른 별'을 지향하는, 추구하는,
'푸른 별'에 닿고 싶어 하는 몸짓이다.

다시 말해 '푸른 별'은
나의 꿈, 소망, 이상이라고 독해할 수 있다.

위의 시어들을 모아 엮어
푸른 하늘 아래 사는 것은 숭고하고 기쁜 일이니
생활은 슬퍼도 좋다.
저문 들길에서 푸른 별을 바라보는 것은

거룩한 나의 일과이다.

라고 중심 내용을 파악할 수 있다.

뼈에 저리도록 슬픈 생활 속에서도 '푸른 별'인 꿈, 소망,
이상을 잃지 않고, 품고 살아가는 '나의 일과'인 하루하루가
숭고하다고, 거룩하다고 말하는 시다.

이처럼 정서와 행위, 시공간이 표현된 시어를 뜯어 모아 엮고,
시어로 시어를 독해하면 시의 중심 내용을 파악할 수 있다.

⇨ 김수영의 〈사령〉을 살펴보자.

……활자는 반짝거리면서 하늘 아래에서
간간이
자유를 말하는데
나의 영은 죽어 있는 것이 아니냐

벗이여
그대의 말을 고개 숙이고 듣는 것이
그대는 마음에 들지 않겠지
마음에 들지 않어라

모두 다 마음에 들지 않어라
이 황혼도 저 돌벽 아래 잡초도
담장의 푸른 페인트 빛도
저 고요함도 이 고요함도

그대의 정의도 우리들의 섬세도
행동이 죽음에서 나오는
이 욕된 교외에서는
어제도 오늘도 내일도 마음에 들지 않어라

그대는 반짝거리면서 하늘 아래에서
간간이

자유를 말하는데
우스워라 나의 영은 죽어 있는 것이 아니냐

뜯어 모아 엮자

화자가 이야기하는 시적 대상을 파악해 보자.
화자는 '나'이고, '나의 영은 죽어 있'다.
즉, '죽어 있는 나의 영'인 '사령'이 시적 대상이다.

'나'의 정서가 표현된 시어들을 뜯어보자.
'마음에 들지 않아라', '욕된', '우스워라'

'나'의 행위가 표현된 시어들을 뜯어보자.
'그대의 말을 고개 숙이고 듣는'
'나'의 행위를 구체적으로 서술하는 '그대의 말'은
'무엇을'에 해당하고, '고개 숙이고'는 '어떻게'에 해당한다.

화자가 살아가는 시공간이 표현된 시어들을 뜯어보자.
'하늘 아래', '교외', '어제도 오늘도 내일도'

시와 친해지기   29

'이 황혼도 ~ 이 고요함도'는 교외의 풍경을
구체적으로 표현한 시구이다.

시적 대상과 화자인 나의 정서와 행위,
행위를 구체적으로 서술하는 무엇을, 어떻게,
행위가 벌어지는 시공간이 표현된 시어들을 뜯어 모아 엮어
나는 (누가)
교외에서 (어디서)
어제도 오늘도 내일도 (언제)
그대의 말을 (무엇을)
고개 숙이고 (어떻게)
듣는 (행위)
죽어 있는 나의 영이 (무엇이)
마음에 들지 않고, 욕되며, 우습다. (정서)
라고 〈사령〉의 중심 내용을 파악할 수 있다.

시어로 시어를 독해하자

활자의 의미를 어떻게 파악할 수 있을까?

1연의 '활자는 ~ 간간이 자유를 말하는데'와
5연의 '그대는 ~ 간간이 자유를 말하는데'를 보면
활자와 그대의 맥락상 의미가 같다는 것을 알 수 있다.

2연의 '벗이여 그대의 말'과 4연의 '그대의 정의'를 보면
벗과 그대를, 말과 정의를 같은 의미로 독해할 수 있다.
즉, '활자' = '말' = '정의' = '자유' = '벗' = '그대'로
독해할 수 있다. 벗인 자유가, 정의인 자유가 활자로만 말로만
존재한다고 독해할 수 있다.

다시 말해 진정한 자유가 없는, 자유가 활자로만 간간이
존재하는, 자유를 억압하는 시대적 상황을 의미한다고
독해할 수 있다.

그래서 화자는 '그대의 정의도 마음에 들지 않어라'고 말한다.

이뿐만 아니라 '그대의 말을 고개 숙이고 듣는' = '고요함도'
= '우리들의 섬세도' = '행동이 죽음에서 나오는' 것에 대한
화자의 정서도 '마음에 들지 않어라'이다.

화자는 자유가 없는 상황과 자유가 없는데
고개 숙이고 있는, 영이 죽어 있는, 행동이 죽음에서 나오는,
죽은 듯이 행동하지 않는 자신이 마음에 들지 않는다.

이처럼 한 편의 시 안에는
일관성 있고, 통일성 있는 화자의 정서가 표현되므로
정서와 연관된 시어들은 같은 맥락의 의미로 독해할 수 있다.

2장
스스로 시 독해하기

뜯어 모아 엮고, 시어로 시어를 독해하는 '스스로 시 독해
법'을 익히면 배운 적 없고 처음 보는 시를 다른 사람의 도
움 없이 스스로 독해할 수 있다. 배우지 않은, 처음 보는 시
가 시험에 나와도 더 이상 두렵지 않다.

스스로 시 독해법으로 시의 시작인 제목부터 정서, 행위,
시공간을 뜯어 모아 엮어 중심 내용을 독해해 보자.

1. 제목 독해하기

글이 부실하여 제목으로라도 독자들의 눈길을 끌어
글을 클릭하게 만들려는 의도가 없으면
글의 중심 소재나 주제가 드러나도록
글의 제목을 붙이는 것이 일반적이다.
따라서 제목은 글을 이해하는 출발점이다.

시의 제목으로는 중심 소재,
곧 시적 대상을 파악하거나 주제를 추리할 수 있다.
그러므로 제목은 시를 이해하는 출발점이다.

시만 읽고 독해하는 것보다
시의 제목으로 시적 대상이나 주제를 추리한 후에
시를 독해하면, 좀 더 빠르고 정확하게 독해할 수 있다.

① 제목으로 시적 대상 파악하기

⇨ 김광규의 〈나뭇잎 하나〉를 살펴보자.

크낙산 골짜기가 온통
연록색으로 부풀어 올랐을 때
그러니까 신록이 우거졌을 때
그곳을 지나가면서 나는
미처 몰랐었다

뒷절로 가는 길이 온통
주황색 단풍으로 물들고 나뭇잎들
무더기로 바람에 떨어지던 때
그러니까 낙엽이 지던 때도
그곳을 거닐면서 나는
느끼지 못했었다

이렇게 한 해가 다 가고
눈발이 드문드문 흩날리던 날
앙상한 대추나무 가지 끝에 매달려 있던
나뭇잎 하나
문득 혼자서 떨어졌다

저마다 한 개씩 돋아나

여럿이 모여서 한여름 살고
마침내 저마다 한 개씩 떨어져
그 많은 나뭇잎들
사라지는 것을 보여 주면서

제목을 독해하자

3연에 나오는 '나뭇잎 하나'가 시적 대상이다.
시적 대상을 시의 제목으로 삼았다.

이 시는 4연에 1~3연의 내용이 정리되어 있어
4연으로 중심 내용을 파악할 수 있다.

시적 대상인 '나뭇잎'의 행위가 표현된 시어를
뜯어 모아 엮어
한 개씩 돋아나 모여서 살고 한 개씩 떨어져 사라지는 나뭇잎
이라고 중심 내용을 파악할 수 있다.

시는 인간을, 인간의 삶을 표현한 것이므로
'나뭇잎'을 인간으로 독해할 수 있다.

즉, 이 시의 중심 내용을

한 명씩 태어나 모여서 살고, 한 명씩 생명을 다하는 인간의 삶
이라고 이해할 수 있다.

이처럼 시인은 인간의 삶을 자연에 빗대어 많이 표현한다.
즉, 자연을 통해 인간의 삶을 표현한다.

더 읽어보기

아래의 수능에 출제된 현대시들은
시적 대상을 제목으로 삼았다.

- 고은, 〈선제리 아낙네들〉
- 김광균, 〈외인촌〉
- 김기택, 〈새〉
- 김명인, 〈그 나무〉
- 김소월, 〈삼수갑산〉
- 김수영, 〈사령〉
- 김종길, 〈문〉
- 김춘수, 〈내가 만난 이중섭〉
- 나희덕, 〈음지의 꽃〉
- 박남수, 〈아침 이미지〉
- 유치환, 〈채전〉
- 조지훈, 〈석문〉
- 최두석, 〈낡은 집〉
- 한용운, 〈나룻배와 행인〉

이처럼, 시인은 다양한 시적 대상을 통해
자신의, 인간의 삶에 대해 이야기한다.

스스로 시 독해하기

② 제목으로 주제 추리하기

⇨ 이용악의 〈그리움〉을 살펴보자

눈이 오는가 북쪽엔
함박눈 쏟아져 내리는가

험한 벼랑을 굽이굽이 돌아간
백무선* 철길 위에
느릿느릿 밤새워 달리는
화물차의 검은 지붕에

연달린 산과 산 사이
너를 남기고 온
작은 마을에도 복된 눈 내리는가

잉크병 얼어드는 이러한 밤에
어쩌자고 잠을 깨어
그리운 곳 차마 그리운 곳

---

*　함경북도 백암에서 두만강의 삼림 지대를 가로질러 무산을
　잇는 철도.

눈이 오는가 북쪽엔
함박눈 쏟아져 내리는가

제목을 독해하자

〈그리움〉이라는 제목으로
화자는 '무엇이 그립다'
또는 '누구를 그리워한다'
라고 주제를 추리할 수 있다.

'차마', 애틋하고 안타까운 그리움의 대상인
'그리운 곳', '너를 남기고 온 작은 마을'은 '북쪽'에 있다.

'너를 남기고 온', 그리운 너가 남아 있는 공간인
북쪽의 작은 마을은
'백무선 철길이 험한 벼랑을 굽이굽이 돌아'가는,
'연달린 산과 산 사이'에 있다.

다시 말해 화자는
'험한 벼랑'과 '연달린 산과 산 사이'로 표현되는
살아가기 힘든 공간에 남기고 온 '너'를 그리워한다.

화자는 '잉크병 얼어드는' 추운 공간에 있다.

'~밤새워', '~밤에', '너'와 화자의 시간은 '밤'이다.

즉 너와 화자는 춥고 어두워 살기 힘든 시공간에서 살아간다.

'함박눈 쏟아져 내리는가'

함박눈 쏟아져 내리기를 바라는

화자의 정서(소망)가 표현된 시구이다.

잉크병 얼어드는 추운 밤에

험한 벼랑을 달리는 화물차의 검은 지붕에도,

너를 남기고 온,

연달린 산과 산 사이의 작은 마을에도

'눈' = '함박눈' = '복된 눈'이 내리길 화자는 바란다.

뜯어 모아 엮자

시공간을 중심으로 시어들을 뜯어 모아 엮어

잉크병 얼어드는 밤에 차마 그리운 너를 남기고 온

북쪽, 연달린 산과 산 사이의 작은 마을에도 복된 눈 내리는가

라고 이 시의 중심 내용을 파악할 수 있다.

40

중심 내용을 압축하여
그리운 너를 남기고 온
마을에도 복된 눈 내리는가
라고 주제를 파악할 수 있다.

더 읽어보기

아래의 수능에 출제된 현대시 또한
제목으로 시의 주제를 추리할 수 있다.

· 김영랑, 〈내 마음 아실 이〉
· 신경림, 〈가난한 사랑 노래 - 이웃의 한 젊은이를 위하여〉
· 신동엽, 〈그의 행복을 기도드리는〉
· 이시영, 〈그리움〉
· 정지용, 〈인동차〉

2. 정서 독해하기

수능에 출제된 현대시는 서정시다.
서정시는 화자의 정서를 서술한 시이므로
'야속타', '슬픈'처럼, 화자의 정서를 직설적으로 표현하거나

'두 볼은 복사꽃 빛', '입술이 푸르러'처럼,
화자나 시적 대상의 겉모습으로 정서를 표현하거나

'한여름 채전으로 가 보아라'처럼,
어조를 통해 화자의 정서를 표현하기도 한다.

따라서 정서가 직설적으로 표현된 시어와
겉모습으로 표현된 시어를 뜯어 모아 엮고
화자의 말투, 어조를 통해 화자의 정서를 독해할 수 있다.

① 정서가 직설적으로 표현된 시 독해하기

⇨ 김소월의 〈삼수갑산〉을 살펴보자.

삼수갑산* 내 왜 왔노 삼수갑산이 어디뇨
오고가니 기험타 아하 물도 많고 산 첩첩이라 아하하

내 고향을 도로 가자 내 고향을 내 못가네
삼수갑산 멀더라 아하 촉도지난**이 예로구나 아하하

삼수갑산이 어디뇨 내가 오고 내 못가네
불귀로다 내 고향 아하 새가 되면 떠가리라 아하하

님 계신 곳 내 고향을 내 못가네 내 못가네
오다가다 야속타 아하 삼수갑산이 날 가두었네 아하하

내 고향을 가고지고 오호 삼수갑산 날 가두었네
불귀로다 내 몸이야 아하 삼수갑산 못 벗어난다 아하하

---

*   함경남도 삼수와 갑산 지방.
       오지 산골로, 조선 시대 귀양지의 하나였다.
**   이백의 시 '촉도난'에 나오는 시구이다.
       촉으로 가는 길이 푸른 하늘에 오르는 것보다 어렵다.

화자의 정서가 직설적으로 표현된 시어는 '야속타'이다.
화자가 '야속타'라고 말하는 이유를 파악하면
이 시의 중심 내용을 파악할 수 있다.

'야속하다'의 사전적 의미는
'무정한 행동이나 그런 행동을 한 사람이
섭섭하게 여겨져 언짢다'이다.

'야속타 아하 삼수갑산이 날 가두었네 아하하'
화자는 '삼수갑산'이 자기를 가두었기 때문에
'삼수갑산'을 야속하다고 생각한다.

5개의 연에 모두 나오는
'아하, 아하하'의 의미는 '야속타'로 독해할 수 있다.
즉, 야속한 마음에 나오는 탄식, 한숨이다.

'내 고향을 도로 가자 내 고향을 내 못가네'
고향에 돌아가고 싶은데
삼수갑산이 나를 가두었기 때문에 못 간다, 갈 수 없다.

'님 계신 곳 내 고향'

고향에 님이 계시기 때문에 돌아가고 싶다.

뜯어 모아 엮자

위 시어들을 뜯어 모아 엮어
야속타, 아하하
님 계신 고향에 돌아가고 싶은데
삼수갑산이 날 가두어 못 간다.
라고 시의 중심 내용을 파악할 수 있다.

이처럼 화자의 정서와 그 이유를 파악하면
시의 중심 내용을 파악할 수 있다.

⇨ 김소월의 〈진달래꽃〉을 살펴보자.

> 나 보기가 역겨워
>
> 가실 때에는
>
> 말없이 고이 보내 드리오리다.
>
>
> 영변에 약산
>
> 진달래꽃,
>
> 아름 따다 가실 길에 뿌리오리다.
>
>
> 가시는 걸음 걸음
>
> 놓인 그 꽃을
>
> 사뿐히 즈려 밟고 가시옵소서.
>
>
> 나 보기가 역겨워
>
> 가실 때에는
>
> 죽어도 아니 눈물 흘리오리다.

정서를 독해하자

〈진달래꽃〉은 이별가인가?

아니다, 사랑가다!

'나 보기가 역겨워', 나를 사랑하기는커녕
'역겨워', 몹시 언짢거나 못마땅하여서
성이 나거나 속에 거슬려

'가실 때에는'

어떤 이가 지금, 가시는 것이 아니다. 언제 가실지 모른다.
언젠가 이런 일이 벌어진다면

'나'는 '말없이 고이 보내 드'릴 것이다.
'아름 따다 가실 길에 뿌'릴 것이다.
'죽어도 아니 눈물 흘'릴 것이다.

나를 보면 역겨워서 어떤 이가 언젠가 떠나가실 때
이렇게 할 수 있는 마음은 이별의 정한일까?
아니다. 어떤 이가, 내가 역겨워서 떠날지라도
'죽어도' 절대 '눈물 흘리'지 않을 마음이다.
'진달래꽃을 아름 따다 가실 길에 뿌'릴 마음이다.
'그 꽃을 사뿐히 즈려 밟고 가시'길 바라는 마음이다.

다시 말해 어떤 이가 나를 역겨워하여
내가 죽을 만큼 고통스러울지라도 그 고통을 참고 견디며
어떤 이의 가시는 길을, 앞날을 축복하는 마음이다.

무조건적인 사랑이다. 절대적 사랑이다.
준 만큼 받으려 하고 받은 만큼만 주려고 하는,
주고받는 조건부 사랑이 아니다.

윤동주 시인이 '별을 노래하는 마음으로
모든 죽어가는 것을 사랑해야지'라며
하늘에 사무치도록 한이 맺히게 한 철천지원수마저도
즉, '모든 죽어가는 것을 사랑'하려 한 것처럼

'나'를 '역겨워'하는 사람마저도
사랑하고 축복하려는 마음,
절대적 사랑이라고 독해할 수 있다.

'가실' 이는 누구인가?
화자는 가실 이에 대해 한마디도 하지 않았다.
내가 지금 사랑하고 있는 사람인지,
또는, 김영랑 시인의 '내 혼자 마음 날같이 아실 이
그래도 어디나 계실 것이면'처럼
만난 적 없는, 언젠가는 만나길 바라는 사람인지
한마디도 하지 않았다.

역겨움은 연인 관계뿐만 아니라

모든 인간관계에서 발생할 수 있으므로
가실 이가 어떤 사람인지 굳이 말할 필요가 없기 때문이다.

다시 말해
나는 가실 이가 누구든, 나에게 어떻게 하든
아무런 상관없이 사랑하고 축복할 것이기 때문에,
내가 하고픈 절대적 사랑에 대해서 말할 뿐이기 때문에
가실 이를 연인으로 굳이 국한해서 말할 필요가 없다.

진달래꽃을 이별가로 독해하기 위해서는
나와 가실 이는 사랑하는 사이인데
나 보기가 역겨워져서
지금 또는 머지않아
나는 이별 당할 것이라고
버림받을 것이라고
화자가 생각한다고 독해해야 한다.
그러나 이렇게 독해할 수 있는 시구가 이 시에는 없다.

그래서
나를 역겨워하는 철천지원수 같은 사람마저도
사랑하겠다는, 축복할 것이라는 절대적 사랑을 노래한 시
라고 독해할 수 있다.

⇨ 나희덕의 〈음지의 꽃〉을 살펴보자.

우리는 썩어 가는 참나무 떼,

벌목의 슬픔으로 서 있는 이 땅

패역의 골짜기에서

서로에게 기댄 채 겨울을 난다

함께 썩어 갈수록

바람은 더 높은 곳에서 우리를 흔들고

이윽고 잠자던 홀씨들 일어나

우리 몸에 뚫렸던 상처마다 버섯이 피어난다

황홀한 음지의 꽃이여

우리는 서서히 썩어 가지만

너는 소나기처럼 후드득 피어나

그 고통을 순간에 멈추게 하는구나

오, 버섯이여

산비탈에 구르는 낙엽으로도

골짜기를 떠도는 바람으로도

덮을 길 없는 우리의 몸을

뿌리 없는 너의 독기로 채우는구나

'황홀한 ~'은
시적 대상인 '음지의 꽃', '버섯', '뿌리 없는 너'에 대한
화자, '우리', '참나무 떼'의 정서가 직접적으로 표현된 시어다.

왜, 황홀한가?
'버섯의 독기'가 '썩어 가는 참나무 떼'의
'고통을 순간에 멈추게 하'기 때문이다.

'참나무 떼'는 왜 '고통'스러운가?
순리를 거스르는, '패역의 골짜기에서' 사람들에게
'벌목' 당해 '썩어 가는 우리 몸'을 '바람'이 흔드는데
'낙엽으로도 바람으로도 덮을 길'이 없어서 '고통스'럽다.

또한, 사람들이 '썩어 가는 우리 몸'을 뚫어 '상처'를 내고
'상처마다' 버섯의 '홀씨들'을 잠재워, 심어 두었다.

그런데 '서로에게 기댄 채' 고통스럽게 '서서히 썩어 가'며
'겨울을 난 우리 몸에' '소나기처럼 후드득 피어나는',
'독기로 채우는', '고통을 순간에 멈추게 하는'
'패역의 골짜기'에 핀 버섯은 '황홀한 꽃'이다.

스스로 시 독해하기   51

버섯의 독기는 우리 몸을 어떻게 채우는가?

'썩어 가는 참나무'의 '상처' 속에서
'잠자던 홀씨들'이 일어나 '버섯'으로 피어나기 위해서는
어지간한 기운으로는 힘들다.

'독기' = 사납고 모진 독한 기운
즉, 강인한 생명력이 있어야만 한다.

다시 말해
썩어 가는 참나무에서 강인한 생명력으로
후드득 피어나는 버섯은
참나무의 구멍 난 상처를
채우는, 메우는, 고통마저 멈추게 하는
'황홀한 음지의 꽃'이다.

버섯에 대한 화자의 정서를 중심으로
그 이유가 표현된 시구를 뜯어 모아 엮어
벌목 당해, 서로에게 기댄 채
패역의 골짜기에서 겨울을 난 우리 몸의
뚫린 상처를 독기로 채우고 피어나는,
바람에 흔들리며 썩어 가는 고통을
순간에 멈추게 하는 버섯은 황홀한 음지의 꽃이다
라고 중심 내용을 파악할 수 있다.

중심 내용을 압축하여
패역의 골짜기에서 버섯은 독기로 황홀하게 피어난다.
라고 주제를 파악할 수 있다.

버섯을 사람으로 바꾸면
'패역의 골짜기에서', 벌목 당한 듯한 삶의 터전에서
'상처 난 몸이 바람에 흔들리고', 시련에 흔들리고
'썩어 가면서', 고통스러운 삶을 살아가면서
'독기로', 강인한 생명력으로
'황홀한 꽃', 삶을 황홀하게 꽃피운다
라고 독해할 수 있다.

⇨ 고재종의 〈감나무 그늘 아래〉를 살펴보자.

감나무 잎새를 흔드는 게
어찌 바람뿐이랴.
감나무 잎새를 반짝이는 게
어찌 햇살뿐이랴.
아까는 오색딱다구리가
따다다닥 찍고 가더니
봐 봐, 시방은 청설모가
쪼르르 타고 내려오네.
사랑이 끝났기로서니
그리움마저 사라지랴,
그 그리움 날로 자라면
주먹송이처럼 커 갈 땡감들.
때론 머리 위로 흰 구름 이고
때론 온종일 장대비 맞아 보게.
이별까지 나눈 마당에
기다림은 웬 것이랴만,
감나무 그늘에 평상을 놓고
그래 그래, 밤이면 잠 뒤척여
산이 우는 소리도 들어 보고
새벽이면 퍼뜩 깨어나
계곡 물소리도 들어 보게.
그 기다림 날로 익으니

54

서러움까지 익어선
저 짙푸른 감들, 마침내
형형 등불을 밝힐 것이라면
세상은 어찌 환하지 않으랴.
하늘은 어찌 부시지 않으랴.

정서를 독해하자

'사랑, 그리움, 기다림, 서러움'은
정서가 직설적으로 표현된 시어이다.
사랑이 끝난 후부터 서러움이 익기까지의 변화를
'땡감' = '짙푸른 감들'이 익어서
'형형 등불'인 홍시가 되는 과정에 빗대어 표현했다.

떫어서 먹기 힘든 '땡감'이
'형형', 반짝이는 '등불' 같은 달콤한 홍시가 되는 동안에
'감나무 잎새'가 '바람'에 흔들리더니, '햇살'에 '반짝이'더니
'오색딱다구리가' 감나무를 '찍고 가더니'
'청설모가' 감나무를 '타고 내려'온다.

'사랑이 끝났기로서니', 끝났더라도
'때론 머리 위로 흰 구름 이고, 때론 온종일 장대비 맞아 보게.'

'감나무 그늘에 평상을 놓고'
'밤이면 잠 뒤척여 산이 우는 소리도 들어 보고'
'새벽이면 퍼뜩 깨어나 계곡 물소리도 들어 보게.'

그러면 '그리움 날로 자라'고, '기다림 날로 익'고,
'서러움까지 익어선', 세상이 환해지듯이 하늘이 눈부시듯이
마음이, 내면세계가 성숙한다고,

다시 말해 흔들리고, 반짝이고, 오고 가고, 오르고 내리는
자연의 섭리처럼,
기다리고, 그리워하고, 뒤척이고, 울며 흐르며
익어간다고, 변한다고, 성장한다고, 성숙한다고

그러면 '세상은 어찌 환하지 않으랴', 환하다고
'하늘은 어찌 부시지 않으랴', 눈부시다고

화자가 독자들과 대화하듯이 '~ 맞아 보게', '~ 들어 보게',
'봐 봐, 그래 그래,'라고 표현했다.

뜯어 모아 엮자

시구들을 뜯어 모아 엮어
저 짙푸른 감들, 마침내
형형 등불을 밝힐 것이라면,
사랑이 끝났기로서니
그 그리움, 그 기다림, 서러움까지 익어선
세상은 어찌 환하지 않으랴.
하늘은 어찌 부시지 않으랴.
라고 중심 내용을 파악할 수 있다.

⇨ 김기택의 〈새〉를 살펴보자.

새는 새장 밖으로 나가지 못한다.

매번 머리를 부딪치고 날개를 상하고 나야 보이는,

창살 사이의 간격보다 큰, 몸뚱어리.

하늘과 산이 보이고 울음 실은 공기가 자유로이 드나드는

그러나 살랑거리며 날개를 굳게 다리에 매달아 놓는,

그 적당한 간격은 슬프다.

그 창살의 간격보다 넓은 몸은 슬프다.

넓게, 힘차게 뻗을 날개가 있고

날개를 힘껏 떠받쳐 줄 공기가 있지만

새는 다만 네 발 달린 짐승처럼 걷는다.

부지런히 걸어 다리가 굵어지고 튼튼해져서

닭처럼 날개가 귀찮아질 때까지 걷는다.

새장 문을 활짝 열어 놓아도 날지 않고

닭처럼 모이를 향해 달려갈 수 있을 때까지 걷는다.

걸으면서, 가끔, 창살 사이를 채우고 있는 바람을

부리로 쪼아 본다, 아직도 벽이 아니고

공기라는 걸 증명하려는 듯.

유리보다도 더 환하고 선명하게 전망이 보이고

울음 소리 숨내음 자유롭게 움직이도록 고안된 공기,

그 최첨단 신소재의 부드러운 질감을 음미하려는 듯.

'~ 슬프다.'

시적 대상인 새에 대한 화자의 정서가 직접적으로 표현되었다.

새장에 갇힌 새를 화자는 왜 슬퍼하는가?

'네 발 달린 짐승처럼 걷는다.'

'날개가 귀찮아질 때까지 걷는다.'

'모이를 향해 달려갈 수 있을 때까지 걷는다.'

'새장 문을 활짝 열어 놓아도 날지 않고' 걷기 때문이다.

날개가 있는 새가 왜 걷는가?

'새장 밖으로 나가지' 못하기 때문이다.

왜 못 나가는가?

'매번 머리를 부딪치고 날개를 상하고' 새장 밖으로 나가려고
애를 썼지만 '창살 사이의 간격보다 큰, 몸뚱어리'때문에
매번 나갈 수가 없었다.

대신에 '부지런히 걸어 다리가 굵어지고 튼튼해져서'
'닭처럼' 사람이 주는 '모이를 향해 달려갈 수' 있게 되었다.

그래서 새답게 날 수 있는 '날개를 힘껏 떠받쳐 줄 공기,
자유롭게 움직이도록 고안된 공기'가 있지만

'~날지 않고', '~바람을 부리로 쪼아 본다',
'~부드러운 질감을 음미하려는 듯'
새답게 날아서 새장 밖으로 날아가려 하지 않고
걸으며 공기를, 바람을 음미한다, 새장 안에서.

뜯어 모아 엮자

슬픈 이유가 표현된 시구를 중심으로 뜯어 모아 엮어
날개를 상해서 새장 밖으로 나가지 못하는 새는
짐승처럼 걷다가, 모이를 향해 달려갈 수 있게 되자
새장 문을 활짝 열어 놓아도 날지 않고
자유롭게 움직이도록 고안된 공기를 부리로 쪼며 음미한다.
슬프다.
라고 중심 내용을 독해할 수 있다.

중심 내용을 압축하여
새장 문을 활짝 열어 놓아도 날지 못하는 슬픈 새는
공기를 부리로 쪼며 자유를 음미한다.
라고 주제를 독해할 수 있다.

새장 안에 갇힌 새를 보고, 가정, 학교, 직장 등 어딘가에
갇혀서 자유롭게 살지 못한다고 느끼는 사람을 떠올릴 수
있지만 이 둘은 차이점이 크다.

새장 안의 새는
어떤 사람이 자신의 즐거움을 위해 새장에 가둔 것이다.
제 날개로 날아서, 스스로 새장 안으로 들어가지 않았다.

그러나 세상을 살아가는 사람들은 새처럼 갇힌 것이 아니다.
스스로가 갇혔다고 느낄 뿐이다.

새장 안의 새는 날 수 없어서, 어쩔 수 없어서 걷는 것이지,
날기 싫어서, 귀찮아서, 새장이 안온해서,
편안하게 살려고 걷는 것이 아니다.
그러나 하루하루 부지런히 일상 안에서 살아가는 사람은
자신의 선택으로, 의지로 살아간다, 산새처럼.

새장 안의 새는 날지 않고 걸어도 먹이를 사람이 챙겨 주지만
사람은 스스로 경제활동을 해야 한다, 치열한 경쟁 속에서.

또한, 새는 창살 사이로 빠져나갈 수 없지만
사람은 자신의 의지로 지금 이곳을 떠날 수 있다.

비유법은 두 대상의 공통점을 바탕으로 표현하는데
두 대상은 차이점 또한 존재한다.
비유법이 구사된 시구를 독해할 때, 공통점뿐만 아니라
차이점도 생각하면 시구를 보다 깊이 있게 독해할 수 있다.

⇨ 김관식의 〈거산호 2〉를 살펴보자.

오늘, 북창을 열어,

장거릴 등지고 산을 향하여 앉은 뜻은

사람은 맨날 변해 쌓지만

태고로부터 푸르러 온 산이 아니냐.

고요하고 너그러워 수하는 데다가

보옥을 갖고도 자랑 않는 겸허한 산.

마음이 본시 산을 사랑해

평생 산을 보고 산을 배우네.

그 품 안에서 자라나 거기에 가 또 묻히리니

내 이승의 낮과 저승의 밤에

아아라히 뻗쳐 있어 다리 놓는 산.

네 품이 내 고향인 그리운 산아

미역취 한 이파리 상긋한 산 내음새

산에서도 오히려 산을 그리며

꿈같은 산 정기를 그리며 산다.

정서를 독해하자

'~사랑해', '~그리운', '~그리며'

'마음이 본시 산을 사랑해서'

'거산호', 산에 사는 것을 좋아하는

화자의 정서가 직접적으로 표현되었다.

'태고로부터 푸르러 온 산을'
화자는 '평생 보면서'
산처럼 '고요하고 너그러워'야 '수'하고, 오래 살고
'겸허하게' 살아야 한다는 것을 배운다.
'산'을 닮고자 한다.

'상긋한 내음새'가 나는 '산'은
변치 않고, 고요하고, 너그럽고, 겸허하다.
이러한 '산'의 '정기'는 '꿈'같다, 희망이다, 이상이다.

이러한 '산'의 '품 안에서 자라나'
'저승의 밤에 다리 놓는 산에 가 또 묻히리니'
평생, 죽을 때까지 산에서 살다가 산에 묻히겠다는 의지다.

'산에서도 산을 그리며 산다.'
산에 살면서, 산을 그리며, 배우며 산다.

시적 대상에 대한 화자의 정서를 중심으로 뜯어 모아 엮어
태고로부터 푸르고, 고요하고, 너그럽고, 겸허한 산을
내 본시 사랑해, 평생 배우네.
상긋한 산 내음새를,
꿈같은 산의 정기를 그리며 산다.
라고 중심 내용을 독해할 수 있다.

중심 내용을 압축하여
푸르고, 고요하고, 너그럽고, 겸허한 산을
내 본시 사랑해, 평생 배우며, 그리며 산다.
라고 주제를 파악할 수 있다.

장이 서는 거리인 '장거리', 시장의 맥락적 의미는 무엇인가?

'장거릴 등지고 산을 향하여 앉은'
'등지고'와 '향하여 앉은'은 상반된 의미이므로
'장거리'와 '산'도 상반된 의미라고 독해할 수 있다.

'사람은 맨날 변해 쌓지만 태고로부터 푸르러 온 산이 아니냐'

'사람'과 '산'도 상반된 의미므로
'장거리'와 '사람'은 맥락적 의미가 같다고 독해할 수 있다.

'태고로부터 푸르고 보옥을 갖고도 자랑 않는 겸허한 산'과
달리, 사람은 맨날 변해 쌓고, 보옥을 갖고 자랑한다고,
겸허하지 않다고 독해할 수 있다.

다시 말해 맨날 변해 쌓고, 겸허하지 않은 '사람'을
'장거리'라고 표현했다.

이처럼 어떤 것의 속성과 밀접한 관계가 있는
다른 낱말을 빌려서 표현하는 수사법을
예를 들어, 우리나라를 '금수강산'으로,
우리 민족을 '흰옷'으로 표현하는 것을
환유법이라고 한다.

⇨ 신동엽의 〈그의 행복을 기도드리는〉을 살펴보자,

그의 행복을 기도드리는 유일한 사람이 되자.
그의 파랑새처럼 여린 목숨이 애쓰지 않고 살아가도록
길을 도와주는 머슴이 되자.
그는 살아가고 싶어서 심장이 팔뜨닥거리고 눈이 눈물처
럼 / 빛나고 있는 것이다.
그는 나의 그림자도 아니며 없어질 실재도 아닌 것이다.
그는 저기 태양을 우러러 따라가는 해바라기와 같이
독립된 하나의 어여쁘고 싶은 목숨인 것이다.
어여쁘고 싶은 그의 목숨에 끄나풀이 되어선 못쓴다.
당길 힘이 없으면 끊어 버리자.
그리하여 싶으도록 걸어가는 그의 검은 눈동자의 행복을
기도드리는 유일한 사람이 되자.
그는 다만 나와 인연이 있었던
어여쁘고 깨끗이 살아가고 싶어하는 정한 몸알일 따름.
그리하여 만에 혹 머언 훗날 나의 영역이 커져
그의 사는 세상까지 미치면 그땐
순리로 합칠 날 있을지도 모를 일일께며.

정서를 독해하자

화자의 정서(이상)를 중심으로 이야기한 시다.

'그의 행복을 기도드리는 유일한 사람이 되자.'
'그의 ~ 길을 도와주는 머슴이 되자.'는 화자인 '나'의 정서
즉 '나'가 기도하는, 소망하는 이상을 이루고자 하는
의지가 표현된 시구이다.

'그'는 누구인가?

'그는 다만 나와 인연이' 있었고, '나는 그의 행복을
기도드리는 유일한 사람이 되자'고 말하고, '머언 훗날'
'나'와 '그'가 '순리로 합칠 날 있을지도' 모른다고 말한다.

이 시구들에 집중하여 '그'를 독해하면 '나'와 이별한
연인이라고 말할 수 있다. 다시 말해 이별 후에 '나'는
'그의 행복'을 기도하며 재회를 소망한다고 독해할 수 있다.

하지만 이렇게 독해하면 '그의 ~ 길을 도와주는 머슴이 되자.'
'그는 ~ 없어질 실재도 아닌 것이다.'를 독해할 수 없다.

왜냐하면 연인은 머슴이 주인을 섬기는 주종관계일 수 없고,
이별한 연인은 지금 내 곁에 없을지라도 어딘가에 실재하며,
생로병사의 길을 가다가 언젠가는 없어질 실재이기 때문이다.

따라서, 시의 전체 맥락을 고려하면
'그'를 '나'가 이별 후에도 사랑하는 누군가, '타자'라고
독해할 수 없다.

'그는 ~ 독립된 하나의 어여쁘고 싶은 목숨인 것이다.'
'그는 ~ 어여쁘고 깨끗이 살아가고 싶어 하는
정한 몸알일 따름.'
'~ 싶은', '~ 싶어하는'으로 '그의 행복'을 독해하면,
'그의 행복'은 '독립된 하나의 목숨으로
어여쁘고 깨끗이 살아가'는 것이다.

'저기 태양을 우러러 따라가는 해바라기'
'그의 행복'은 '해바라기의 태양'과 같다.
'해바라기'는 '태양'을 '우러러'보며 '따라'간다.
'태양'은 '해바라기'의 이상이다.

'그의 행복'은 '그의 태양'에, 이상에 도달하는 것이다.
'그의 ~ 길을 도와주는 머슴이 되자.'에서
'그의 길'은 '그'의 이상에 도달하는 길이다.

'그'의 이상은 '독립된 하나의 여린 목숨으로

스스로 시 독해하기   69

어여쁘고 깨끗이 살아가'는 것이다.
따라서 '그'는 '나'의 이상적 자아이다.
그러므로 그는 나의 그림자도 아니며,
없어질 실재도 아닌 것이다.

'그'는 현실적 자아인 '나'가 꿈꾸는, 만든
'나'의 이상적 자아이므로 인연이 있는데
지금은 '그가 사는 세상까지 나의 영역'이 미치지 못하므로
'그는 다만 나와 인연이 있었'다고
'그'와 '나' 사이에 거리가, 괴리가 있다고 , '나'는 말한다.

'그는 ~ 정한 몸알일 따름'
'몸알'은 국어사전에 없는 시어이다.
신동엽의 시 〈껍데기는 가라〉에 나오는 "4월도 알맹이만 남고
껍데기는 가라"는 시구로 '몸알'을 독해하면 '몸'의 '알'
= '몸'의 알맹이인데 알맹이는 사물의 핵심이 되는 중요한
부분이므로 '몸알'은 몸의 이상이라고, '정한 몸알'은
'어여쁘고 깨끗한' 이상적 자아라고 독해할 수 있다.

현실적 자아인 '나'는 '독립된 하나의 목숨'이며,
행복을 상징하는 '파랑새처럼 여린 목숨'이다.
'심장이 팔뜨닥거리고, 검은 눈동자에 눈물이 빛나고'

‘행복’하고 싶다고
‘어여쁘고 깨끗이 살아가고’ 싶다고 기도드린다.

나는 왜, ‘그의 ~ 유일한 사람’이 되려고 하는가?

현실적 자아와 이상적 자아는 1:1 관계이므로
‘나’는 ‘그’의, ‘그’는 ‘나’의 ‘유일한 사람’이다.
‘그’에게는 오직 ‘나’ 하나밖에 없으므로 ‘그의 행복을
기도드리는 유일한 사람이 되자’고 ‘나’는 말한다.

그렇다면 ‘나’는 왜
‘그의 목숨에 끄나풀이 되어선 못쓴다’고 말하는가?

이상에 도달하는 ‘길’은 두 가지가 있다.
이상을 현실에 끌어당기는, 이상을 끌어내리는 길과
이상에 현실을 끌어올리는 길이 있다.

남의 앞잡이 노릇을 하는, ‘그의 목숨에’ 붙은 길지 아니한
끈의 나부랭이, ‘끄나풀이 되어선 못쓴다’며,

'당길 힘이 없으면 끊어 버리자'
이상적 자아를 현실적 자아로 끌어당기는 '길'을
'끊어 버리'고,

'나의 영역이 커져'
끌어올리는 길, 현실적 자아의 '영역이 커지는 길'을
살아간다.

'머언 훗날 ~ 그의 사는 세상까지 미치면'
현실적 자아가 이상적 자아의 세상에 미치는 '그땐',

'순리로 합칠 날 있을지도 모를 일일께며'
이상적 자아와 현실적 자아가 '순리로 합'쳐져
하나가 될지도, 일치할지도 모른다고 말한다.

'나'와 '그'가 합쳐져, '나'와 '그'의 괴리가 사라지는,
이상에 도달하는 것이 '순리'라고 말한다.

위 시구들을 뜯어 모아 엮어
독립된 하나의 여린 목숨으로
그의 행복을 기도드리는 유일한 사람이 되고,
그의 행복을 도와주는 머슴이 되어
어여쁘고 깨끗이 살아가면
머언 훗날, 나와 그가 순리로 합칠 날이 있을지도 모른다.
라고 이 시의 중심 내용을 파악할 수 있다.

중심 내용을 압축하여
나는 독립된 하나의 여린 목숨으로
어여쁘고 깨끗이 살아가고 싶다.
라고 이 시의 주제를 파악할 수 있다.

자아 성찰이 중심 내용인 시들 중에는
성찰의 주체인 '나'가 성찰의 대상인 '나'를
'너' 또는 '그'라고 부르는 시들이 있다.
거울 속의 '나'를 '너'라고 부르듯이
'나'를 대상화, 객관화, 타자화하여 시를 쓰기도 하므로
시의 전체적인 맥락 속에서 시어의 의미를 독해해야 한다.

특정 시구만 잘라 내어 독해하면 오독할 수도 있다.

1960년 4·19 혁명과 1961년 5·16 군사 쿠데타를 겪으며
1960년대에 시를 쓴 신동엽의 삶을 반영하고

'그는 다만 나와 인연이 있었던', '머언 훗날 나의 영역이 커져'
'그의 사는 세상까지 미치면',
'그땐 순리로 합칠 날 있을지도 모를 일일께며'에 집중하여,
'그'를 자유라고 독해하기도 한다.

4·19 혁명으로 회복했던 자유가 즉, 나와 인연이 있었던 그가
5·16 군사 쿠데타로 자유가 억압된 세상을
나와 그의 인연이 끊어진 것으로,
나와 그가 합치는 날은 자유가 회복되는 날로
독해하기도 하는데
'독립된 하나의 여린 목숨으로 어여쁘고 깨끗이
살아가고' 싶다는 '나'의 이상과 자유는 거리가 있다.

또한 '순리로 합칠 날'을
남과 북이 통일이 되는 날로 독해하기도 하는데,
'나'를 남으로, '그'를 북으로 독해할 수 있는 시구가
이 시에는 없다.

⇨ 김영랑의 〈내 마음을 아실 이〉를 살펴보자.

내 마음을 아실 이
내 혼자 마음 날같이 아실 이
그래도 어디나 계실 것이면

내 마음에 때때로 어리우는 티끌과
속임 없는 눈물의 간곡한 방울방울
푸른 밤 고이 맺는 이슬 같은 보람을
보밴 듯 감추었다 내어 드리지

아! 그립다
내 혼자 마음 날같이 아실 이
꿈에나 아득히 보이는가

향 맑은 옥돌에 불이 달아
사랑은 타기도 하오련만
불빛에 연긴 듯 희미론 마음은
사랑도 모르리 내 혼자 마음은

정서를 독해하자

이 시는 화자 자신의 정서를 중심으로 이야기한다.

'아! 그립다'

보고 싶거나 만나고 싶은 마음이 간절한
화자의 정서가 직접적으로 표현되었다.

화자가 그리워하는 '대상'은 '내 혼자 마음 날같이 아실 이'다.
흔히 그리움의 대상은 헤어진, 이별한 사람이지만
이 시는 그렇지 않다.
아직까지 만난 적 없는, 만나고 싶은 사람이다.

'향 맑은 옥돌에 불이 달아 사랑은 타기도 하오련만'

사랑은 불처럼 타기도 하여 잘 보이지만

**'내 마음' = '내 혼자 마음' = '희미론 마음' = '어리우는 티끌'
= '속임 없는 눈물' = '이슬 같은 보람'**

'불빛에 연긴 듯 희미론 마음'

잘 보이지 않는 희미한 마음이기 때문에

'내 혼자 마음은 사랑도 모르리'

나를 사랑하는 사람도 모르고, 나 혼자만 아는 내 마음을
아실 이를 나는 그리워한다. 만나고 싶다.

정서와 그 대상을 뜯어 모아 엮어
내 희미론 혼자 마음 날같이 아실 이가 그립다
라고 이 시의 주제를 파악할 수 있다.

⇨ 신경림의 〈가난한 사랑 노래-이웃의 한 젊은이를 위하여〉
를 살펴보자.

가난하다고 해서 외로움을 모르겠는가
너와 헤어져 돌아오는
눈 쌓인 골목길에 새파랗게 달빛이 쏟아지는데.
가난하다고 해서 두려움이 없겠는가
두 점을 치는 소리
방범대원의 호각 소리, 메밀묵 사려 소리에
눈을 뜨면 멀리 육중한 기계 굴러가는 소리.
가난하다고 해서 그리움을 버렸겠는가
어머님 보고 싶소 수없이 뇌어 보지만
집 뒤 감나무에 까치밥으로 하나 남았을
새빨간 감 바람소리도 그려 보지만.
가난하다고 해서 사랑을 모르겠는가
내 볼에 와 닿던 네 입술의 뜨거움
사랑한다고 사랑한다고 속삭이던 네 숨결
돌아서는 내 등 뒤에 터지던 네 울음.
가난하다고 해서 왜 모르겠는가
가난하기 때문에 이것들을
이 모든 것들을 버려야 한다는 것을.

'~외로움을 모르겠는가', '~두려움이 없겠는가',
'~그리움을 버렸겠는가', '~사랑을 모르겠는가'
시적 대상인 '이웃의 한 젊은이'의 '정서'인
외로움, 두려움, 그리움, 사랑이 표현된 시구들이다.

'가난하다'
젊은이의 '시적 상황'이 표현된 시어이다.

'이 모든 것들을 버려야 한다'
젊은이의 '행위'가 표현된 시구이다.

'가난하기 때문에'
행위의 '이유'가 표현된 시구이다.

위 시어들을 뜯어 모아 엮어
이웃의 한 젊은이는 가난하지만
외로움, 두려움, 그리움, 사랑을 안다.
가난하기 때문에 이 모든 것들을 버려야 한다는 것도 안다.
라고 중심 내용을 파악할 수 있다.

더 알아보기

다음은 정서가 직설적으로 표현된 시어이다.

〈가난한 사랑 노래〉 → 외로운, 두려움, 그리움, 사랑, 울음
〈가지가 담을 넘을 때〉 → 적막히, 신명 나는
〈가지 않은 길〉 → 안타깝게, 의심하면서, 한숨
〈감나무 그늘 아래〉 → 사랑, 그리움, 기다림, 서러움
〈거산호2〉 → 사랑해, 그리며 산다
〈고향〉 → 빙긋이, 넌지시 웃고
〈고향 앞에서〉 → 우는, 눈물지운다
〈그 나무〉 → 부끄러운지, 안쓰러웠지요
〈그리움〉 → 그리운
〈낙화〉 → 격정, 사랑, 슬픈

〈낡은 집〉 → 어설퍼하며, 허둥대며, 선뜩한, 반가워한다

〈내 마음을 아실 이〉 → 눈물, 그립다, 아득히, 사랑, 보람

〈들길에 서서〉 → 숭고한, 기쁜, 슬퍼도, 거룩한

〈문〉 → 쓰라리게, 서럽지, 눈물, 사무치는

〈배를 밀며〉 → 아슬아슬히, 슬픔도

〈사령〉 → 마음에 들지 않어라, 욕된, 우스워라

〈사평역에서〉 → 그리웠던, 낯설음, 뼈아픔

〈산 너머 남촌에는〉 → 좋데나, 그리운

〈삼수갑산〉 → 야속타

〈새〉 → 슬프다, 귀찮아질, 울음 소리

〈석문〉 → 조바심치나, 그리운, 슬픈, 한숨, 눈물, 원한

〈선제리 아낙네들〉 → 의좋은, 아쉬울, 고생

〈아침 이미지 1〉 → 즐거운

〈외인촌〉 → 고독한, 가벼운 웃음

〈음지의 꽃〉 → 슬픔, 황홀한

〈자화상〉 → 홀로, 미워져, 가엾어집니다, 그리워집니다

〈초가〉 → 부끄러워

〈추억에서〉 → 속절없이, 한, 글썽이고

〈혼자 가는 먼 집〉 → 참 좋지요, 킥킥거리며,

　　　　　　　　　울음, 슬픔, 시름, 참혹

앞의 시어들을 정서별로 구분해 보자.

고독한, 외로운, 홀로, 적막히, 아득히, 기다림, 그리움,
그리운, 그리웠던, 그리워집니다, 그립다, 그리며 산다

어설퍼하며, 허둥대며, 낯설음, 귀찮아질, 속절없이, 고생,
아슬아슬히, 사무치는, 선뜩한, 두려움, 무섬증, 뼈아픔, 참혹

미워져, 야속타, 마음에 들지 않아라, 의심하면서,
아쉬울, 안타깝게, 안쓰러웠지요, 가엾어집니다,
부끄러워, 부끄러운지, 욕된, 우스워라

글썽이고, 눈물, 눈물지운다, 우는, 울음, 울음 소리,
슬픔, 슬픈, 슬픔도, 슬퍼도, 슬프다,
시름, 쓰라리게, 조바심치나, 서러움, 서럽지, 원한, 한, 한숨

기쁜, 신명 나는, 웃고, 킥킥거리며, 웃음소리,
가벼운 웃음, 빙긋이, 넌지시 웃고, 의좋은, 반가워한다,
즐거운, 좋데나, 참 좋지요,
사랑, 사랑해, 격정, 보람, 거룩한, 숭고한, 황홀한

이처럼 서정시에는
고독, 그리움, 두려움, 미움, 안타까움,

부끄러움, 울음, 슬픔, 시름, 설움 등
벗어나고 싶은 부정적인 정서가 많이 나타난다.

다시 말해
누구도 아픔 없이, 아픔을 피해 다니며 살 수 없고,
아픔을 헤쳐 나가야만 잘 살 수 있기 때문에
서정시는 삶의 아픔을, 견딤을, 이겨냄을 많이 이야기한다.

한편 기쁨, 즐거움, 웃음, 정겨움, 사랑 등의 긍정적인 정서는
대체로 화자가 희망하는, 추구하는, 지향하는 정서이거나
부정적 정서와 공존하고 있는 정서이다.

② 겉모습이 표현된 시구로 정서 독해하기

⇨ 조지훈의 〈석문〉을 살펴보자.

당신의 손끝만 스쳐도 소리 없이 열릴 돌문이 있습니다. 사람이 조바심치나 굳이 닫힌 이 돌문 안에는, 석벽 난간 열두 층계 위에 검푸른 이끼가 앉았습니다.

당신이 오시는 날까지는, 길이 꺼지지 않을 촛불 한 자루도 간직했습니다. 이는 당신의 그리운 얼굴이 이 희미한 불 앞에 어리울 때까지는, 천 년이 지나도 눈감지 않을 저의 슬픈 영혼의 모습입니다.

길숨한 속눈썹에 항시 어리운 이 두어 방울 이슬은 무엇입니까? 당신의 남긴 푸른 도포 자락으로 이 눈썹을 씻으랍니까? 두 볼은 옛날 그대로 복사꽃 빛이지만, 한숨에 절로 입술이 푸르러 감을 어찌합니까?

몇만 리 굽이치는 강물을 건너와 당신의 따슨 손길이 저의 흰 목덜미를 어루만질 때, 그때야 저는 자취도 없이 한 줌 티끌로 사라지겠습니다. 어두운 밤하늘 허공중천에 바람처럼 사라지는 저의 옷자락은, 눈물 어린 눈이 아니고는 보지 못하오리다.

여기 돌문이 있습니다.

원한도 사무칠 양이면 지극한 정성에 열리지 않는 돌문이 있습니다.

당신이 오셔서 다시 천년토록 앉아 기다리라고, 슬픈 비바람에 낡아가는 돌문이 있습니다.

정서를 독해하자

화자는 '저'이다.
이 시는 '저'가 '당신'에게 말하듯이 쓴 시다.

시적 대상은 '석문' = '돌문'인데
화자는 자신을 '돌문'에 빗대어 '당신'에게 이야기한다.

'길숨한 속눈썹에 어리운 이 두어 방울 이슬',
'두 볼은 복사꽃 빛', '입술이 푸르러', '흰 목덜미'는
화자의 '겉모습'이 표현된 시어이다.

'길숨한 속눈썹', '두 볼은 복사꽃 빛', '흰 목덜미'는
아름다운 여인의 모습을 표현했고,
'어리운 이 두어 방울 이슬'은 눈물짓는,
'입술이 푸르러'는 핏기가, 생기가 없는 모습이다.

아름다운 여인이 울며,
생기 없는 모습으로 앉아 있다고 독해할 수 있다.

다시 말해, 화자의 정서인
'조바심치나', '그리운', '슬픈', '한숨', '눈물',
'원한', '지극한 정성'이 화자의 겉모습으로 표현되었다.

이처럼 정서가 겉모습에 드러나기도 한다.
정서와 겉모습은 어울리므로, 호응하므로
겉모습으로 정서를 독해할 수 있다.

'천년토록 앉아 기다리라고'는
당신이 오시길 천년 동안 앉아 기다리는
화자의 '행위'가 표현된 시구이다.

뜯어 모아 엮자

위 시어들을 모아 엮어
그리움, 슬픔, 한숨, 눈물, 원한으로 입술이 푸르러 가는 저는
그리운 당신을 다시 천년 동안 앉아 기다립니다
라고 이 시의 중심 내용을 파악할 수 있다.

'석문'은 당신이 오시길 천년토록 앉아 기다리는 여인을
굳게 닫혀 있는 돌문에 비유하여 표현했다.
돌문을 표현한 시구와 여인을 표현한 시구를
대응해 독해해 보자.

'당신의 손끝만 스쳐도 소리 없이 열릴 돌문이 있습니다.'
= '당신의 따슨 손길이 저의 흰 목덜미를 어루만질 때,
그때야 저는 자취도 없이 한 줌 티끌로 사라지겠습니다.'
돌문은 당신이 오셔서 손끝만 스쳐도 열릴 것이지만
당신이 오시지 않기 때문에 현재 굳게 닫힌 상태이다.
'저'는 당신이 오셔서 따스운 손길로 어루만지면
한 줌 티끌로 사라질(기다림을 끝낼) 것이지만
당신이 오시지 않기 때문에 사라지지 못한다. 계속 기다린다.

'열두 층계 위에 검푸른 이끼가 앉았습니다.'
= '한숨에 절로 입술이 푸르러 감을 어찌합니까?'
굳게 닫힌 돌문 안 열두 층계에 검푸른 이끼가 앉았는데도
당신은 오시지 않고 '저'의 입술은 한숨에 푸르러 간다.
생기를 잃어 간다.

스스로 시 독해하기

'어두운 밤 하늘 허공중천에 바람처럼 사라지는
저의 옷자락은, 눈물어린 눈이 아니고는 보지 못하오리다'
천년의 기다림을 끝내고 사라지는 '저'의 모습은
눈물 어린 눈이 아니고는 보지 못할 것이다.
그러나 당신은 오시지 않았고 '저'는 사라지지 못한다.
'저'의 기다림은 계속된다.

'지극한 정성에 열리지 않는 돌문이 있습니다'
= '당신이 오셔서 (저보고) 다시 천년토록 앉아 기다리라고'
굳게 닫힌 돌문은 '저'의 지극한 정성에도 열리지 않는다.
'저'는 사라지지 못하고 기다림을 끝내지 못한다.
'저'는 다시 천년토록 앉아 당신을 기다린다.

당신이 오시지 않아 다시 천년토록 앉아 기다려야 하는데,
당신이 오셔서 다시 천년토록 앉아 기다리라고
말한 듯이 표현했다.

오셔서 다시 천년을 기다리라고 말하시나
안 오셔서 다시 천년을 기다리나
천년을 기다리기는 마찬가지이다.

'슬픈 비바람에 낡아 가는 돌문이 있습니다.'

지극한 정성에도 열리지 않아
슬픈 비바람에 낡아 가는 돌문이 있다.

지극한 정성으로 천년을 기다려도 오지 않는 당신을
다시 천년토록 앉아 기다리며
'저'는 슬픈 비바람에 낡아간다.

덧붙여 〈석문〉은 시인의 고향인
경상북도 영양군 일월산에 있는
황씨부인당에 전해 오는 전설을 소재로 삼아 쓴 시다.
그 전설은 오해로 첫날밤에 신랑에게 버림받은 신부가
첫날밤 그 모습 그대로 신랑을 기다리다가
한 줌의 재가 되었다는 내용이다.

스스로 시 독해하기

⇨ 김광균의 〈외인촌〉을 살펴보자.

하이얀 모색 속에 피어있는
산협촌의 고독한 그림 속으로
파–란 역등을 달은 마차가 한 대
잠기어 가고,
바다를 향한 산마룻길에
우두커니 서 있는 전신주 우엔
지나가던 구름이 하나 새빨간 노을에
젖어 있었다.

바람에 불리우는 작은 집들이 창을 내리고,
갈대밭에 묻히인 돌다리 아래선
작은 시내가 물방울을 굴리고

안개 자욱한 화원지의 벤치 우엔
한낮에 소녀들이 남기고 간
가벼운 웃음과 시들은 꽃다발이
흩어져 있다

외인 묘지의 어두운 수풀 뒤엔
밤새도록 가느란 별빛이 내리고.

공백한 하늘에 걸려 있는

촌락의 시계가
여윈 손길을 저어 열 시를 가리키면

날카로운 고탑같이 언덕 우에
솟아 있는
퇴색한 성교당의 지붕 우에선

분수처럼 흩어지는 푸른 종소리.

정서를 독해하자

시적 대상은 '외인촌'이다.

'고독한'
화자의 정서가 표현된 시어이다.
'고독한 외인촌'이 중심 내용이자 주제다.

한 장의 그림처럼 외인촌의 풍경을 묘사하여
화자의 고독한 정서를 표현한 시다.

'외인촌' = '산협촌' = '고독한 그림'

제목이자 시적 대상인 외인촌을 고독한 그림이라고 표현했다.

하이얀 모색 속에 피어있는 (산협촌),

파-란 역등을 달은 (마차),

바다를 향한 (산마룻길), 우두커니 서 있는 (전신주),

지나가던 (구름), 새빨간 (노을),

바람에 불리우는 작은 (집들),

갈대 밭에 묻히인 (돌다리), 작은 (시내),

안개 자욱한 (화원지의 벤치), 시들은 (꽃다발),

어두운 (수풀), 가느란 (별빛),

공백한 (하늘), 걸려 있는 (촌락의 시계), 여윈 (손길),

날카로운 (고탑), 퇴색한 (성교당의 지붕),

분수처럼 흩어지는 푸른 (종소리)

이는 모두 '외인촌'의 겉모습, 풍경을 표현한 시구들이다.

이 시구들에는 화자의 '고독한' 정서가 투영되었다.

화자의 눈에 시적 대상이, 외인촌이 고독하게 보이는 것은

화자의 정서가 고독하기 때문이다.

시적 대상이 고독하기 때문이 아니라

화자가 고독하기 때문에 시적 대상이 고독하게 보이는 것이다.

이처럼 시적 대상에는 화자의 정서가 투영되기도 하므로

겉모습을 표현한 시어들로

화자의 정서를 독해할 수 있고

화자의 정서가 표현된 시어로

겉모습을 표현한 시어들을 독해할 수 있다.

스스로 시 독해하기

③ 어조로 정서 독해하기

⇨ 유치환의 〈채전〉을 살펴보자.

> 한여름 채전으로 가 보아라
>
> 수염을 드리운 몇 그루 옥수수에 가지, 고추, 오이, 토란, 그리고 울타리엔 덤불을 이룬 넌출 사이로 반질반질 윤기 도는 크고 작은 박이며 호박들!
>
> 이 지극히 범속한 것들은 제각기 타고난 바탕과 생김새로 주어서 아낌없고 받아서 아쉼 없는 황금의 햇빛 속에 일심으로 자라고 영글기에 숨소리도 들릴세라 적적히 여념 없나니
>
> 과분하지 말라 의혹하지 말라 주어진 대로를 정성껏 충만시킴으로써 스스로를 족할 줄을 알라 오직 여기에 목숨의 유열과 천지와의 화합에 있거니
>
> 한여름 채전으로 가 보아라
>
> 나비가 심방 오고 풍뎅이가 찾아오고 잠자리가 왔다 가고 바람결에 스쳐 가고 그늘이 지나가고 비가 내리고 햇볕이 다시 나고…… 이같이 많은 손님들의 극진한 축복과 은혜 속에
>
> 이 지극히 범속한 것들의 지극히 충족한 빛나는 생명의 양상을 한여름 채전으로 와서 보아라

어조란 화자의 말투다.
목소리로 말하는 사람의 기분을 파악할 수 있듯이
화자의 어조로 화자의 정서를 파악할 수 있다.

'~보아라, ~말라, ~알라'
' –라'는 명령의 뜻을 나타내는 종결 어미다.
화자는 독자들에게 명령하듯이, 강한 어조로 시적 대상인
'한여름 채전(채소밭)'에 대한 자신의 정서를 전달하고자 한다.

'한여름 채전'의 '옥수수, 가지, 고추, 오이, 토란, 박, 호박들'은
'지극히', 더할 나위 없이 아주 '범속', 평범하고 세속적이다.

'제각기 타고난 바탕과 생김새로' = '주어진 대로',
'일심으로' = '정성껏',
'자라고 영글기에' = '충만시킴으로써',
'적적히', 조용하게
'여념', 어떤 일에 대하여 생각하고 있는
것 이외의 다른 생각이 '없나니' = '스스로를 족할 줄을' 안다.

이처럼

'한여름 채전' = '지극히 범속한 것들' = '천지', 하늘과 땅이

'화합'하는 곳 = '주어서 아낌없고 받아서 아쉼 없는

황금의 햇빛 속에' 있는 곳 = '오직 여기'에

'목숨의', 생명들의 '유열', 유쾌한 기쁨이 있으니

독자들이여,

'과분하지 말라 의혹하지 말라', '스스로를 족할 줄을 알라.'

'많은 손님들' = '나비, 풍뎅이, 잠자리, 바람, 그늘, 비, 햇볕'

= '지극히 범속한 것들이'

'심방 오고', '찾아오고', '왔다 가고' = '스쳐 가고', '지나가고',

'내리고', '다시 나고' = '극진한 축복과 은혜'

= '지극히 충족한 빛나는 생명의 양상'이 있는

'한여름 채전으로 와서 보아라'

뜯어 모아 엮자

화자의 정서가 어조에 강하게 표현된,

명령형 종결 어미가 붙은 서술어를 중심으로 뜯어 모아 엮어

한여름 채전으로 가서

지극히 범속한 것들의

지극히 충족한 빛나는 생명의 양상을 보아라.
천지가 화합하는 오직 여기에 목숨의 유열이 있다.
과분하지 말라 의혹하지 말라.
스스로를 족할 줄을 알라.
라고 중심 내용을 파악할 수 있다.

이처럼 어조에는 화자의 정서가 배어있으므로
어조로 정서를 독해할 수 있다.
대체로 어조는 서술어의 종결 어미로 알 수 있으므로
서술어를 중심으로 어조를 파악하고 정서를 독해하자.

⇨ 허수경의 〈혼자 가는 먼 집〉을 살펴보자.

당신……, 당신이라는 말 참 좋지요, 그래서 불러봅니다
킥킥거리며 한때 적요로움의 울음이 있었던 때, 한 슬픔
이 문을 닫으면 또 한 슬픔이 문을 여는 것을 이만큼 살아
옴의 상처에 기대, 나 킥킥……, 당신을 부릅니다 단풍의
손바닥, 은행의 두 갈래 그리고 합침 저 개망초의 시름, 밟
힌 풀의 흙으로 돌아감 당신……, 킥킥거리며 세월에 대
해 혹은 사랑과 상처, 상처의 몸이 나에게 기대와 저를 부
빌 때 당신……, 그대라는 자연의 달과 별……, 킥킥거리
며 당신이라고……, 금방 울 것 같은 사내의 아름다움 그
아름다움에 기대 마음의 무덤에 나 벌초하러 진설 음식도
없이 맨 술 한 병 차고 병자처럼, 그러나 치병*과 환후**는
각각 따로인 것을 킥킥 당신 이쁜 당신……, 당신이라는
말 참 좋지요, 내가 아니라서 끝내 버릴 수 없는, 무를 수
도 없는 참혹……, 그러나 킥킥 당신

정서를 독해하자

화자의 정서가 어조에 깊이 배어있다.

---

*   병을 다스림.
**   병을 정중하게 이르는 말.

'나 킥킥……, 당신을 부릅니다,'
말줄임표와 쉼표가 여러 번 나타나서 끊어질 듯 이어지고

'당신……,'
동일한 시구가 반복적으로 나타나고

'단풍의 손바닥', '은행의 두 갈래 ~ 저 개망초의 시름',
'밟힌 풀의 흙'
시구들이 맥락 없이 이어지는 듯한 서술로, 어조로
화자의 복합적인 정서를 표현했다.

'참 좋지요, 울음, 슬픔, 상처, 시름, 사랑, 이쁜, 참혹'은
화자의 정서가 직접적으로 표현된 시어이다.
이러한 정서들로 인해, 화자는 킥킥거린다,

'킥킥'은 나오려는 웃음을 참을 수 없어
잇따라 터뜨리는 웃음소리다.

이쁘고 좋은데 참혹하고, 사랑하면서 상처받고,
또 한 슬픔이 문을 열고, 시름에 울면서 킥킥거리므로
말은 계속, 끊어졌다가 이어진다.
킥킥거리며 '혼자서 먼 집'으로 간다.

'먼 집'은 어디인가?

'밟힌 풀의 흙으로 돌아감 당신……,',

'그대라는 자연의 달과 별……,'에서 나타나듯

그대는 흙으로, 자연으로 돌아갔다.

죽음으로써 달과 별이 있는 하늘로, '먼 집'으로 돌아갔다.

나도 '혼자 가는 먼 집'으로 돌아가고 있다.

다시 말해 '혼자 가는 먼 집'은

'한때 적요로움의 울음이 있었던 때'에

혼자서 가는 죽음의 세계다.

시어로 시어를 독해하자

'킥킥거리며 세월에 대해 혹은 사랑과 상처'
= '당신을 부릅니다 ~ 두 갈래 그리고 합침 ~ 시름'

'세월', 먼 집에 가는 동안

'사랑' = '두 갈래 그리고 합침', 만나고 사랑하고

'상처' = '시름' 속에서 '당신'을, 사랑과 상처를 회상하면서,

내 '마음의 무덤에 벌초'하려고

'킥킥거리며 당신이라고 불러' 본다.

'한 슬픔이 문을 닫으면 또 한 슬픔이 문을 여는'

슬픔을 품고 또 품으며 '킥킥거리며 이만큼 살아'왔다.

'단풍의 손바닥' = '금방 울 것 같은 사내의 아름다움'

'은행의 두 갈래' = '상처의 몸이 나에게' = '사랑과 상처'

'그리고 합침' = '기대와 저를 부빌 때 당신……'

'개망초의 시름' = '마음의 무덤' = '환후'

'치병' = '벌초'

위와 같이 시어로 시어를 독해할 수 있다.

뜯어 모아 엮자

시어를 뜯어 모아 엮어,

흙으로 돌아간 이쁜 당신.

내가 아니라서 끝내 버릴 수 없는, 무를 수도 없는 참혹.

그러나 당신이라는 말 참 좋아서,

내 마음의 무덤에 벌초하려고

킥킥거리며 당신이라고 불러봅니다

라고 중심 내용을 파악할 수 있다.

스스로 시 독해하기

3. 행위 독해하기

행위와 정서는 쌍방향의 인과 관계가 성립한다.
행위가 원인이 되어 정서가 만들어지기도 하고
정서가 원인이 되어 행위를 하기도 한다.

화자나 시적 대상의 행위와 행위를 구체적으로 서술하는
행위의 시공간(언제, 어디서)
행위의 주체(누가)
행위의 대상(누구를, 무엇을)
행위의 방법(어떻게)
행위의 이유(왜)
행위의 조건(~하면)이 표현된 시어들과
행위에서 읽을 수 있는 정서와 정서가 표현된 시어들을
뜯어 모아 엮어 시의 중심 내용을 독해할 수 있다.

⇨ 한용운의 〈나룻배와 행인〉을 살펴보자.

나는 나룻배
당신은 행인

당신은 흙발로 나를 짓밟습니다
나는 당신을 안고 물을 건너갑니다
나는 당신을 안으면 깊으나 옅으나 급한 여울이나 건너
갑니다

만일 당신이 아니 오시면 나는 바람을 쐬고 눈비를 맞으
며 밤에서 낮까지 당신을 기다리고 있습니다
당신은 물만 건너면 나를 돌아보지도 않고 가십니다그려
그러나 당신이 언제든지 오실 줄만은 알아요
나는 당신을 기다리면서 날마다 날마다 낡아 갑니다

나는 나룻배
당신은 행인

화자인 '나룻배' 곧 '나'의 **행위**와
시적 대상인 '행인' 곧 당신의 행위가
시의 전부라고 할 수 있을 정도로
'나'와 '당신'의 **행위**를 중심으로 '나'의 정서를 표현한 시다.

'당신은'(누가 = 행위의 주체)
'흙발로'(어떻게 = 행위의 방법)
'나를'(누구를 = 행위의 대상)
'짓밟습니다'(행위)

'나는'(누가 = 행위의 주체)
'당신을'(누구를 = 행위의 대상)
'안고'(행위)
'물을'(무엇을 = 행위의 대상)
'건너갑니다'(행위)

'나는'(누가 = 행위의 주체)
'당신을'(누구를 = 행위의 대상)
'안으면'(~하면 = 행위의 조건)
'깊으나 옅으나 급한 여울이나'(어디서 = 행위의 공간)
'건너갑니다'(행위)

'만일 당신이 아니 오시면'(~하면 = 행위의 조건)

'나는'(누가 = 행위의 주체)

'바람을 쐬고 눈비를 맞으며'(어떻게 = 행위의 방법)

'밤에서 낮까지'(언제 = 행위의 시간)

'당신을'(누구를 = 행위의 대상)

'기다리고 있습니다'(행위)

'당신은'(누가 = 행위의 주체)

'물만 건너면'(~하면 = 행위의 조건)

'나를'(누구를 = 행위의 대상)

'돌아보지도 않고'(어떻게 = 행위의 방법)

'가십니다그려'(행위)

'그러나 당신이 언제든지 오실 줄만은 알아요'(정서)

'나는'(누가 = 행위의 주체)

'당신을'(누구를 = 행위의 대상)

'기다리면서'(행위)

'날마다 날마다'(언제 = 행위의 시간)

'낡아 갑니다'(행위)

행위가 표현된 시어를 중심으로 뜯어 모아 엮어
당신은 나를 짓밟고, 돌아보지도 않고 가시지만
나는 당신이 언제든지 오실 줄만은 알기에
기다리면서 낡아 갑니다
라고 이 시의 중심 내용을 파악할 수 있다.

짓밟혀도 물을 건너가고,
당신이 오실 것이라는 믿음으로
기다리면서 낡아 가는 '나'의 행위로
'당신'에 대한 나의 정서,
믿음, 희생, 사랑을 독해할 수 있다.

⇨ 한용운의 〈님의 침묵〉을 살펴보자.

님은 갔습니다. 아아, 사랑하는 나의 님은 갔습니다.

푸른 산빛을 깨치고 단풍나무 숲을 향하여 난 작은 길을 걸어서, 차마 떨치고 갔습니다.

황금의 꽃같이 굳고 빛나던 옛 맹서는 차디찬 티끌이 되어서 한숨의 미풍에 날아갔습니다.

날카로운 첫 키스의 추억은 나의 운명의 지침을 돌려놓고, 뒷걸음쳐서 사라졌습니다.

나는 향기로운 님의 말소리에 귀먹고, 꽃다운 님의 얼굴에 눈멀었습니다.

사랑도 사람의 일이라, 만날 때에 미리 떠날 것을 염려하고 경계하지 아니한 것은 아니지만, 이별은 뜻밖의 일이 되고, 놀란 가슴은 새로운 슬픔에 터집니다.

그러나 이별을 쓸데없는 눈물의 원천을 만들고 마는 것은 스스로 사랑을 깨치는 것인 줄 아는 까닭에, 걷잡을 수 없는 슬픔의 힘을 옮겨서 새 희망의 정수박이에 들어부었습니다.

우리는 만날 때에 떠날 것을 염려하는 것과 같이, 떠날 때에 다시 만날 것을 믿습니다.

아아, 님은 갔지마는 나는 님을 보내지 아니했습니다.

제 곡조를 못 이기는 사랑의 노래는 님의 침묵을 휩싸고 돕니다.

스스로 시 독해하기

'사랑하는 나의 님'은 누구인가?
한용운 시인이 승려라는 이유로
부처 또는 깨달음이라고 독해하기도 하는데

'나의 님'은
'차마 떨치고 갔'고, '뒷걸음쳐서 사라졌'다.

'나'에게 '이별은 뜻밖의 일이 되고'
'나'는 '떠날 때에 다시 만날 것을 믿'는다.

이처럼 승려에게 부처 또는 깨달음은
만나고 사랑하고 이별하고
다시 만날 것을 믿는 존재가 아니다.
승려 자신이 부처를 떠날 수는 있지만
부처가 승려를 차마 떨치고 가는 일은 있을 수 없다.

깨달음 또한
만나고(깨닫고) 사랑하고, 이별하고(깨달음이 깨지고)
다시 만날(다시 깨달음을 얻을) 것을 믿고, 그럴 수 없다.

다시 말해

'사랑하는 나의 님'만 잘라 내어서
승려이자 독립운동가인 시인 한용운의 삶을 바탕으로
조국, 부처, 깨달음이라고 독해하기도 하는데
이 시의 맥락을 바탕으로 독해하면
조국이라고 독해할 수는 있어도
부처나 깨달음이라고 독해할 수는 없다.

한편 '사랑하는 나의 님'을 시의 맥락을 근거로 독해하고
독자의 경험과 시를 연결하고, 독자의 삶을 성찰하는 것은
독자의 권리다.
시인이, 화자가 사랑하는 님이 누구냐보다, 시를 읽고
독자의 마음에 떠오르는 존재가 독자에게는 소중하다.

'님'은 왜 '침묵'하고 있는가?

님은 떨치고 갔지만, 사라졌지만
지금 이곳에 안 계시므로, 부재하므로
나에게 말을 할 수 없지만 '나는 님을 보내지 아니했'다.

여전히 그대로, 내 마음 속에는 님이 계시기 때문에
나는 마음으로 님과 함께 하고 있기 때문에
님의 부재가 아니라 님의 침묵이라고
님이 침묵하고 계시다고 표현했다.

스스로 시 독해하기

'사랑의 노래'는 왜, '제 곡조를 못 이기는'가?

'이별은 뜻밖의 일이 되고,

놀란 가슴은 새로운 슬픔에 터져

이별의 슬픔을 걷잡을 수 없'기 때문이다.

사랑의 노래는 무엇인가?

'슬픔의 힘을 옮겨서 새 희망의 정수박이에 들어'붓는 것이며,

'떠날 때에 다시 만날 것을 믿'는 것이며,

'님은 갔지마는 나는 님을 보내지 아니하'는 것이다.

즉, '님은 차마 떨치고 사라졌'지만

화자는 '사랑의 노래'를 부른다.

뜯어 모아 엮자

시어를 뜯어 모아 엮어

사랑하는 나의 님은 차마 떨치고 사라졌지만

나는 님을 보내지 아니했습니다.

슬픔의 힘을 옮겨서 새 희망의 정수박이에 들어부었습니다.

다시 만날 것을 믿습니다.

라고 시의 중심 내용을 파악할 수 있다.

⇨ 김춘수의 〈내가 만난 이중섭〉을 살펴보자.

> 광복동에서 만난 이중섭은
> 머리에 바다를 이고 있었다.
> 동경에서 아내가 온다고
> 바다보다도 진한 빛깔 속으로
> 사라지고 있었다.
> 눈을 씻고 보아도
> 길 위에
> 발자국이 보이지 않았다.
> 한참 뒤에 나는 또
> 남포동 어느 찻집에서
> 이중섭을 보았다.
> 바다가 잘 보이는 창가에 앉아
> 진한 어둠이 깔린 바다를
> 그는 한 뼘 한 뼘 지우고 있었다.
> 동경에서 아내는 오지 않는다고,

행위를 독해하자

이중섭의 행위를 중심으로 정서를 이야기한 시다.

화자가 이중섭의 뒤에서 바다를 바라보고 있는 이중섭을 보니

이중섭의 머리 위로 바다가 보이는 풍경을 '이중섭은 머리에'
'바다를'(무엇을 = 행위의 대상) '이고 있었다.'(행위)고 표현했다.

'동경에서 아내가 온다고'(왜 = 행위의 이유)
'바다보다도 진한 빛깔 속으로'(어디서 = 행위의 공간)
'사라지고 있었다.'(행위)
동경에서 오는 아내를 곧 만날 수 있다는 기대감이 충만한
이중섭의 마음을 표현한 시구이다.

'길 위에 발자국이 보이지 않았다.'
아내가 온다는 소식에 진한 그리움에 무거웠던 마음이
훨훨 날아오르는 듯한 반가움으로 바뀐 것을
날아갈 듯이 가벼운 발걸음으로, 시각적 이미지로 표현했다.

'진한 어둠이 깔린 바다'
동경에서 아내가 오지 않는다는 것을 알게 된 이중섭의 어두운
마음을, 즉 시공간으로 시적 대상의 정서를 표현한 시구이다.

'한뼘 한뼘 지우고 있었다.'
동경에 있는 아내에 대한 그리움을 달래는 행위이다.

'동경에서 아내는 오지 않는다고,'

마지막 행인데 마침표가 아니라 쉼표가 찍혀 있다.
동경에서 아내가 오지 않아도, 언제 올지 몰라도 이중섭의
그리움과 기다림은 계속된다고 쉼표를 독해할 수 있다.

'바다보다도 진한 빛깔' = 푸른빛과
'진한 어둠이 깔린 바다' = 검은빛은 대조적이다.
대체로 밝고 푸른 빛은 긍정적인 정서를,
검고 어두운 빛은 부정적인 정서를 표현한다.

'바다를 이고'와 '바다를 지우고'도 대조적인 행위이다.
아내와의 만남을 기다리는 기쁨의 정서와
아내가 오지 않을 때의 슬픔과 그리움의 정서를
대조적인 행위로 표현했다.

뜯어 모아 엮자

시어들을 뜯어 모아 엮어
동경에서 아내가 온다며 바다보다도 진한 빛깔 속으로
사라졌던 이중섭은 아내가 오지 않는다고
진한 어둠이 깔린 바다를 지우고 있었다.
라고 중심 내용을 파악할 수 있다.

⇨ 장석남의 〈배를 밀며〉를 살펴보자.

배를 민다
배를 밀어보는 것은 아주 드문 경험
희번덕이는 잔잔한 가을 바닷물 위에
배를 밀어넣고는
온몸이 아주 추락하지 않을 순간의 한 허공에서
밀던 힘을 한껏 더해 밀어주고는
아슬아슬히 배에서 떨어진 손, 순간 환해진 손을
허공으로부터 거둔다

사랑은 참 부드럽게도 떠나지
뵈지도 않는 길을 부드럽게도

배를 한껏 세게 밀어내듯이 슬픔도
그렇게 밀어내는 것이지

배가 나가고 남은 빈 물 위의 흉터
잠시 머물다 가라앉고

그런데 오, 내 안으로 들어오는 배여
아무 소리 없이 밀려들어오는 배여

배를, 사랑을, 슬픔을 밀어 보는 아주 드문 경험에 대한 시다.

'~민다', '~밀어넣고는', '~밀어주고는'

화자인 내가 배를 미는 행위가 표현된 시어이다.

'희번덕이는 잔잔한'

'가을'(시간) '바닷물 위'(공간)에서 나는 배를 민다.

배를 미는 나의 정서를 시공간으로 표현했다.

'가을 바닷물'이 이렇게 보이는 것은

배를 미는 화자의 정서가 잔잔하면서도 희번덕이기 때문이다.

다시 말해 사랑과 슬픔을 밀어내는 화자는 차분하고 평온해 보

이면서도 눈을 크게 뜨고 흰자위를 번득이며 움직인다.

'온몸이 아주 추락하지 않을 순간의 한 허공에서'

허공에서 온몸이 아주 추락하기 직전에

마음이 무너져 내리기 직전의 눈에 보이지 않는 화자의 정서를

'한 허공에서 온몸이 추락하'는 시각적 이미지로 표현했다.

즉 '한 허공'은 '가을 바닷물 위에 배를 밀어넣고' 있는

화자의 텅 빈 마음이다.

'아슬아슬히 배에서 떨어진 손'

희번덕이며 잔잔한 마음이 추락하기 직전에
손이 아슬아슬하게 배에서 떨어졌다.

'순간 환해진 손을 허공으로부터 거둔다'

화자의 행위로 화자의 정서를 표현했다. '사랑'이자 '슬픔'인
'배'를 밀어내고 사랑과 슬픔으로 가득했던, 희번덕이며
잔잔했던 마음이 텅 빈 손처럼, 텅 비어 환해졌다.

'사랑은 ~ 떠나지 뵈지도 않는 길을 부드럽게도'

'밀던 힘을 한껏 더해' 밀어낸 '배'는,
'사랑'은 부드럽게도 떠났다.

사랑의 떠남은 이별이다.
이별로 인해, 떠난 이가 어디로 가는지, 한 치 앞도 알 수 없는
미래를 '보이지도 않는 길'이라고 시각적 이미지로 표현했다.

'배가 나가고 남은 빈 물 위의 흉터'

사랑이 부드럽게 떠나가고 '남은 흉터', 이별의 상처,
아픔이 '잠시 머물다 가라앉'았다.

'그런데,' 사랑도 슬픔도 '한껏 세게' 밀어서 떠나보내고,
'흉터', 이별의 아픔마저 '잠시 머물다 가라앉'았는데,

'오, 내 안으로 ~ 아무 소리 없이 밀려들어오는 배여'

힘껏 밀어서 떠나보냈지만, 이별했지만,

아직도 나의 사랑은 내 안에 남아 있으므로

그리움이 밀려든다.

즉, 이별이 사랑을 그리움으로 만들었다.

밀려드는 그리움에 스스로 놀라는 순간을

'오, ~밀려들어오는 배'라는 시각적 이미지로 표현했다.

뜯어 모아 엮자

시어를 뜯어 모아 엮어

희번덕이는 잔잔한 가을 바닷물 위에서

배를 한껏 세게 밀어내고 환해진 손을 허공으로부터 거두고

빈 물 위의 흉터 잠시 머물다 가라앉았는데

오, 내 안으로 아무 소리 없이 배가 밀려들어온다

라고 중심 내용을 파악할 수 있다.

⇨ 곽재구의 〈사평역에서〉를 살펴보자.

막차는 좀처럼 오지 않았다
대합실 밖에는 밤새 송이눈이 쌓이고
흰 보라 수수꽃 눈시린 유리창마다
톱밥난로가 지펴지고 있었다
그믐처럼 몇은 졸고
몇은 감기에 쿨럭이고
그리웠던 순간들을 생각하며 나는
한 줌의 톱밥을 불빛 속에 던져 주었다
내면 깊숙이 할 말들은 가득해도
청색의 손바닥을 불빛 속에 적셔두고
모두들 아무 말도 하지 않았다
산다는 것이 때론 술에 취한 듯
한 두름의 굴비 한 광주리의 사과를
만지작거리며 귀향하는 기분으로
침묵해야 한다는 것을
모두들 알고 있었다
오래 앓은 기침 소리와
쓴 약 같은 입술담배 연기 속에서
싸륵싸륵 눈꽃은 쌓이고
그래 지금은 모두들
눈꽃의 화음에 귀를 적신다
자정 넘으면

낮설음도 뼈아픔도 다 설원인데
단풍잎 같은 몇 잎의 차창을 달고
밤열차는 또 어디로 흘러가는지
그리웠던 순간들을 호명하며 나는
한 줌의 눈물을 불빛 속에 던져 주었다.

행위를 독해하자

'~졸고', '~쿨럭이고', '~적셔두고', '~아무 말도 하지 않았다', '~적신다'
사평역 대합실에서 막차를 기다리는 시적 대상들의 행위와

'~던져 주었다'
화자의 행위를 중심으로 독해해 보자.

'밤열차' = '막차'는 좀처럼 오지 않는데 '대합실 밖에는 밤새 송이눈'이, '싸륵싸륵 눈꽃'이 쌓인다.

'톱밥난로가 지펴지고' 있는 '대합실'의 시적 대상들은
'그믐처럼 몇은 졸고',
오래 앓은 기침 소리' = '몇은 감기에 쿨럭이고' 있다.
졸고, 기침하는 행위로

시적 대상들이 그믐처럼 빛이 없는, 어두운, 힘든 삶을 산다고,
오랫동안 아프다고 독해할 수 있다.

그리고
'내면 깊숙이 할 말들' = '낯설음도 뼈아픔도'
'가득해도, 모두들 아무 말도 하지 않았다'

그리고
낯설고 뼈아픈 고통을, 추위에 언 '청색의 손바닥'을
'불빛 속에 적셔두고,' 톱밥난로의 불빛으로 손바닥을 녹인다.

'산다는 것이', 삶이 '때론 술에 취한 듯,'
비틀거리고 넘어진다, 낯설고 뼈아프다.

'한 두름의 굴비 한 광주리의 사과를 만지작거리며 귀향하는
기분' = '그리웠던 순간들'로, 가족에 대한 그리움으로
낯설음도 뼈아픔도 견뎌 내야,
'침묵해야 한다는 것을 모두들 알고 있었다'

'쓴 약 같은 입술담배 연기 속에서'
삶의 낯설음과 뼈아픔을 담배 연기로 잠시 덮으며, 견뎌내며

'눈꽃의 화음에 귀를 적신다'

겨울에 잎이 떨어진 앙상한 나뭇가지에

눈송이가 하나씩 하나씩 내려 쌓여,

꽃처럼 피어나는 눈꽃을 바라보는

대합실의 사람들, 시적 대상의 행위를 표현한 시구이다.

저마다의 소리가 어울린 하나의 소리, 화음을 만들어 내듯이

낯설음도 뼈아픔도 침묵하며, 견뎌 내며

그 위에 그리움을 쌓아 올려,

화음처럼, 낯설음과 뼈아픔과 그리움이 하나가 되는,

한겨울에 피어나는 눈꽃 같은 삶을

소망한다고 독해할 수 있다.

'자정 넘으면'

오늘이 어제가 되면, 현재가 과거가 되면

'낯설음도 뼈아픔도 다 설원인데'

고통을 함께 겪은, 나눈 사람들에 대한 그리움으로

다 뒤덮이는데

'단풍잎 같은 몇 잎의 차창을 달고'
단풍잎처럼 붉은 몇몇의 낯설음과 뼈아픔과 그리움을 싣고

'밤열차는 또 어디로 흘러가는지'
같은 기차를 타고 가더라도 저마다 내리는 곳이 다르듯이
낯설고 뼈아프고 그리운 인생들이
저마다 내일은 또 어디로 흘러갈지 알 수 없다.

화자인 나도 대합실의 사람들처럼
'그리웠던 순간들을 생각하며' = '호명하며'
'한 줌의 톱밥' = '눈물' = '그리움을 불빛 속에 던져 주었다.'
침묵 속에서 낯설음과 뼈아픔과 그리움이
화음을 이루길 바란다.

뜯어 모아 엮자

시구들을 뜯어 모아 엮어
그믐처럼 몇은 졸고 몇은 감기에 쿨럭인다
내면 깊숙이 할 말들은 가득해도
모두들 침묵해야 한다는 것을 알고 있었다.
눈꽃의 화음에 귀를 적신다.

밤열차는 또 어디로 흘러가는지.
그리웠던 순간들을 생각하며 나는
한 줌의 눈물을 불빛 속에 던져 주었다.
라고 중심 내용을 파악할 수 있다.

한편, 종결어미 '-다'가 7번 나오는데
마지막 시행, '~던져 주었다.'에만 마침표가 찍혀 있다.

이는 사평역에서 막차를 기다리는 사람들의 여러 모습을
하나로 엮어서 한 편의 영화처럼 묘사했다고 추측할 수 있다.

다시 말해 영화가 끝났음을 알리는 자막 '끝'처럼
마지막 시행에만 마침표를 찍었다고 독해할 수 있다.

⇨ 이시영의 〈그리움〉을 살펴보자.

두고 온 것들이 빛나는 때가 있다
빛나는 때를 위해 소금을 뿌리며
우리는 이 저녁을 떠돌고 있는가
사방을 둘러보아도
등불 하나 켜 든 이 보이지 않고
등불 뒤에 속삭이며 밤을 지키는
발자국 소리 들리지 않는다
잊혀진 목소리가 살아나는 때가 있다
잊혀진 한 목소리
잊혀진 다른 목소리의 끝을 찾아
목메이게 부르짖다 잦아드는 때가 있다
잦아드는 외마디 소리를 찾아 칼날 세우고
우리는 이 새벽길 숨가쁘게 넘고 있는가
하늘 올려보아도
함께 어둠 지새던 별 하나 눈뜨지 않는다
그래도 두고 온 것들은 빛나는가
빛을 뿜으면서 한 번은 되살아나는가
우리가 뿌린 소금들 반짝반짝 별빛이 되어
오던 길 환히 비춰 주고 있으니

'소금을 뿌리며 우리는 ~ 떠돌고 있는가'
'잦아드는 외마디 소리를 찾아 ~ 우리는 ~ 넘고 있는가'
화자인 '우리'의 행위가 표현된 시구이다.

제목인 '그리움'으로 '소금을 뿌리'는 행위를 독해하면
'두고 온 것들이' 상하거나 썩지 않게 하려는
잊지 않으려는, 그리워하는 것이라고,

'칼날 세우고', 신경을 곤두세우고, 마음을 다잡고
'잦아드는 외마디 소리를' 찾는 것은

'두고 온 것들을 찾으려고 목메이게 부르짖다가 잦아들다가
잊혀진 목소리'를 잊지 않으려고,
목메이게 부르짖는, 그리워하는 것이라고 독해할 수 있다.

다시 말해, '우리는' '두고 온 것들'과 '잊혀진 목소리'를
찾으려고 '이 저녁을 떠돌고 있'고
'이 새벽길 숨가쁘게 넘고 있'다고 독해할 수 있다.

화자가 그리워하는, 잊지 않으려 하는
'두고 온 것들'과 '잊혀진 목소리'는 무엇인가?

'함께 어둠 지새'느라고
'두고 온 것들'이다,
'잊혀진 목소리'다.
'어둠'이 아니었다면 두고 오지 않았을,
잊히지 않았을 것들이다.

지금 이곳은, '이 저녁'은, '이 새벽길'은
'사방을 둘러보아도 ~ 등불 하나 ~ 보이지 않고 ~ 밤을 지키는
발자국 소리 들리지 않는다'

'하늘 올려보아도 함께 어둠 지새던 별 하나 눈뜨지 않는다'

'등불 하나'도 '발자국 소리'도 '별 하나'도 없다.
너무나 암울하다. 그래서 너무나도 그립다,
두고 온 것들이, 잊혀진 목소리가.

이 시는 1976년에 출간된 시집 《만월》에 실려있다.
1970년대의 현실을 토대로 '두고 온 것들'을 독해하면
자유, 민주주의라고 독해할 수 있다.

(물론, 독자마다 자신이 두고 온 것들을 떠올리는 것은 독자의 권리다.)

자유와 민주주의를 지키기 위해 '등불 하나 켜' 들고,
'등불 뒤에서 속삭이며 밤을 지키'다가, '함께 어둠 지새'다가
'별 하나 눈뜨지 않는, 잊혀진 목소리'인
지금 여기에 없는 (희생당한) 사람들을 잊지 않기 위해,
그 사람들의 '외마디 소리를 찾'는다고, 그리워한다고.

또한 '두고 온 것들'인 자유와 민주주의가 '빛나는 때를 위해'
'소금을 뿌리며 이 저녁을 떠돌고 있'다고
'외마디 소리를 찾아 이 새벽길 숨가쁘게 넘고 있'다고
독해할 수 있다.

다시 말해 '두고 온 것들'을, '잊혀진 목소리'를 그리워하면,
잊지 않으면, '이 저녁을 떠돌고 있'으면,
'이 새벽길 숨가쁘게 넘고 있'으면

'두고 온 것들이 빛나는 때가 있'고
'잊혀진 목소리가 살아나는 때가 있'으므로

'우리가 뿌린 소금들이', 그리움들이,
목메이게 부르짖는 소리들이 '오던 길 환히 비춰 주'어

'두고 온 것들은 빛나는가'

빛날 것이다, 빛난다.

'빛을 뿜으면서 한 번은 되살아나는가'

되살아날 것이다, 되살아난다.

뜯어 모아 엮자

시어들을 뜯어 모아 엮어
두고 온 것들이 빛나는 때를 위해 소금을 뿌리며,
우리는 이 저녁을 떠돌고,
잊혀진 목소리를 찾아 목메이게 부르짖다 잦아드는
외마디 소리를 찾아 칼날 세우고
우리는 이 새벽길 숨가쁘게 넘고 있다.
라고 중심 내용을 독해할 수 있다.

⇨ 백석의 〈고향〉을 살펴보자.

나는 북관에 혼자 앓어 누어서

어느 아츰 의원을 뵈이었다

의원은 여래 같은 상을 하고 관공의 수염을 드리워서

먼 옛적 어느 나라 신선 같은데

새끼손톱 길게 돋은 손을 내어

묵묵하니 한참 맥을 집드니

문득 물어 고향이 어데냐 한다

평안도 정주라는 곳이라 한즉

그러면 아무개씨 고향이란다

그러면 아무개씰 아느냐 한즉

의원은 빙긋이 웃음을 띄고

막역지간이라며 수염을 쓴다

나는 아버지로 섬기는 이라 한즉

의원은 또다시 넌즈시 웃고

말없이 팔을 잡어 맥을 보는데

손길은 따스하고 부드러워

고향도 아버지도 아버지의 친구도 다 있었다

'나'와 '의원'의 행위를 중심으로 정서를 이야기하는 시다.

'나는 북관에 혼자 앓어 누어서 어느 아츰 의원을 뵈이었다'
화자의 행위이다. 고향인 평안도 정주를 떠나 북관(함경도)에서
혼자 지내다가 병으로 인해 더욱 커진 화자의 외로움을
읽을 수 있다.

'북관'과 '아츰'은 시공간이 표현된 시어이다.
밤새 많아 아파서, 아침부터 의원을 집으로 불렀다고
상상할 수 있다.

'의원은 빙긋이 웃음을 띄고'
'의원은 또다시 넌즈시 웃고 ~ 손길은 따스하고 부드러워'
시적 대상인 '의원'의 행위로, 정서를 독해할 수 있다.

즉, 넌지시 웃는 의원의 손길은 따스하고 부드럽다, 마음처럼.

'고향도 아버지도 아버지의 친구도 다 있었다'

의원의 손길에서 느낀 화자의 정서가 표현된 시구이다.

화자는 손길이 따스하고 부드러운 의원을 만나
병으로 인해 더욱 커진 외로움을,
고향과 아버지에 대한 그리움을 달랜다.

뜯어 모아 엮자

위 시어들을 뜯어 모아 엮어
나는 어느 아침 북관에 혼자 앓아 누어서
아버지의 친구인
넌즈시 웃는 의원의 따스하고 부드러운 손길에서
고향을, 아버지를 느낀다.
라고 이 시의 중심 내용을 파악할 수 있다.

⇨ 김명인의 〈그 나무〉를 살펴보자.

한 해의 꽃잎을 며칠 만에 활짝 피웠다 지운

벚꽃 가로 따라가다가

미처 제 꽃 한 송이도 펼쳐 들지 못하고 멈칫거리는

늦된 그 나무 발견했지요.

들킨 게 부끄러운지, 그 나무

시멘트 개울 한 구석으로 비틀린 뿌리 감춰놓고

앞줄 아름드리 그늘 속에 반쯤 숨어 있었지요.

봄은 그 나무에게만 더디고 더뎌서

꽃철 이미 지난 줄도 모르는지,

그래도 여느 꽃나무와 다름없이

가지 가득 매달고 있는 멍울 어딘가 안쓰러웠지요.

늦된 나무가 비로소 밝혀드는 꽃불 성화,

환하게 타오를 것이므로 나도 이미 길이 끝난 줄

까마득하게 잊어버리고 한참이나 거기 멈춰 서 있었지요.

산에서 내려 두 달거리*나 제자릴 찾지 못해

헤매고 다녔던 저 난만한 봄길 어디,

늦깎이 깨달음 함께 얻으려고 한나절

나도 병든 그 나무 곁에서 서성거렸지요.

이 봄 가기 전 저 나무도 푸릇한 잎새 매달까요?

무거운 청록으로 여름도 지치고 말면

---

*   한 달을 거름. 또는 한 달씩 거름.

132

불타는 소신공양 틈새 가난한 소지*,

저 나무도 가지가지마다 지펴 올릴 수 있을까요?

행위를 독해하자

'나'와 '그 나무'의 행위를 중심으로 이야기하는 시다.

'~멈칫거리는', '~감춰놓고',

'~숨어 있었지요', '~매달고 있는'

시적 대상인 '늦된', '병든 그 나무'의 행위를 표현한 시구이다.

'~따라가다가 ~ 발견했지요',

'~멈춰 서 있었지요', '~헤매고 다녔던', '~서성거렸지요'

화자인 '나'의 행위가 표현된 시구이다.

'늦깎이 깨달음 함께 얻으려고'는 '나'의 행위의 이유이다.

'한 해의 꽃잎을 며칠 만에 활짝 피웠다 지운 벚꽃 가로~',

'시멘트 개울 한 구석~', '병든 그 나무 곁에서~'

시공간이 표현된 시구이다.

---

* 부정을 없애고 신에게 소원을 빌기 위하여 태워서 공중으로
  올리는 종이.

'안쓰러웠지요'는 '그 나무'에 대한
'나'의 정서가 표현된 시어이다.

행위를 중심으로 시어들을 뜯어 모아 엮어
제자릴 찾지 못해 헤매고 다녔던 나는
시멘트 개울 한 구석, 늦된 그 나무가 안쓰러워
늦깎이 깨달음 함께 얻으려고
병든 그 나무 곁에서 한참이나 서성거렸지요.
라고, 이 시의 중심 내용을 파악할 수 있다.

'나'와 '그 나무'가 함께 얻으려는
'늦깎이 깨달음'은 무엇인가?

'산에서 내려 두 달거리나 제자릴 찾지 못해
헤매고 다녔던 저 난만한 봄길 어디'
'나'는 두 달이 넘도록 제자릴 찾지 못해, 헤매고 다녔으므로
'늦깎이'라 표현했으며
'깨달음'은 '제자릴', 나의 자리를 찾는 것이다.

'미처 제 꽃 한 송이도 펼쳐 들지 못하고 멈칫거리는'
'가지 가득 매달고 있는 멍울'
'늦된 나무가 비로소 밝혀드는 꽃불 성화'
이미 다른 나무들은 꽃을 활짝 피웠다가 지웠는데
'그 나무'는 아직도 꽃을 활짝 피우지 못하고
'멍울' = '꽃불 성화', 꽃망울을 달고 있으므로 '늦깎이'다.

'이 봄 가기 전 저 나무도 푸릇한 잎새 매달까요?'
'가난한 소지 저 나무도 가지가지마다
지펴 올릴 수 있을까요?'
이 봄 가기 전에 꽃을 활짝 피우고, 푸릇한 잎새를 매달고,
가을에 단풍 들고, 시들어 떨어지는 것이
'그 나무'의 깨달음이다.

다시 말해 '나'와 '그 나무'의 '늦깎이 깨달음'은
자신의 자리를 찾아서 살아가는,
계절에 맞게, 때맞춰 살아가는,
자연의 이치대로, 삶의 순리대로 살아가는 것이라고
독해할 수 있다.

⇨ 정끝별의 〈가지가 담을 넘을 때〉를 살펴보자.

이를테면 수양의 늘어진 가지가 담을 넘을 때
그건 수양 가지만의 일은 아니었을 것이다
얼굴 한번 못 마주친 애먼 뿌리와
잠시 살 붙였다 적막히 손을 터는 꽃과 잎이
혼연일체 믿어주지 않았다면
가지 혼자서는 한없이 떨기만 했을 것이다

한 닷새 내리고 내리던 고집 센 비가 아니었으면
밤새 정분만 쌓던 도리 없는 폭설이 아니었으면
담을 넘는다는 게
가지에게는 그리 신명 나는 일이 아니었을 것이다
무엇보다 가지의 마음을 머뭇 세우고
담 밖을 가둬두는
저 금단의 담이 아니었으면
담의 몸을 가로지르고 담의 정수리를 타 넘어
담을 열 수 있다는 걸
수양의 늘어진 가지는 꿈도 꾸지 못했을 것이다

그러니까 목련 가지라든가 감나무 가지라든가
줄장미 줄기라든가 담쟁이 줄기라든가
가지가 담을 넘을 때 가지에게 담은
무명에 획을 긋는

> 도박이자 도반*이었을 것이다

행위를 독해하자

시적 대상인 '수양(수양버들) 가지', '목련 가지',
'감나무 가지', '줄장미 줄기', '담쟁이 줄기' 등이
담을 넘는 행위에 대한 화자의 정서(인식)를 표현했다.

'담'은 '담 밖을 가둬두는', '금단의 담'이다.
담은 안과 밖을 나누고 넘나들지 못하게 막는 경계다.

또한 '가지가' 담에 의지해서, '담의 몸을 가로지르고
담의 정수리를 타 넘어', '담을 열 수', 넘을 수 있기 때문에
가지에게 담은 '도박이자 도반'이다.

그런데 가지가 담을 넘는 것은
'도박'처럼 뜻밖의 행운을 바라고
불가능하거나 위험한 일에 손을 대는 일이라서

'수양의 늘어진 가지가 담을 넘을 꿈도 꾸지' 못하고,
'마음을 머뭇 세우고', 담 안에 가만히 갇혀 있었으면

---

*   함께 도를 닦는 벗.

가지는 '고집 센 비'를, '도리 없는 폭설'을 맞으며
'무명', 잘못된 의견이나 집착 때문에 진리를 깨닫지 못한 채,
'혼자서 한없이 떨기만 했을 것이다.'

그러나 뿌리와 꽃과 잎이 '혼연일체',
생각, 행동, 의지 따위가 완전히 하나가 되어 믿어 주고,

고집 센 비가 내리고 도리 없는 폭설이 쌓이므로
담을 넘는다는 게 가지에게는
넘느냐 마느냐 하는 선택지가 없는, 넘어야만 하는
고통을 벗어나는 '신명 나는', 흥겨운 신이 나는 '일이' 되고,
'담'이 함께 도를 닦는 '도반'이, '무명에 획을 긋는' 벗이
되어 주어 가지는 담을 넘는다.

뜯어 모아 엮자

가지가 담을 넘는 행위를 중심으로 뜯어 모아 엮어
고집 센 비가 내리고 도리 없는 폭설이 쌓이자
가지는 담을 넘는 일이 신명 나고,
뿌리와 꽃과 잎이 혼연일체 믿어주므로
가지는 도박이지만 담과 도반이 되어
금단의 담을 넘는다, 무명에 획을 긋는다

라고 중심 내용을 파악할 수 있다.

시어로 시어를 독해하자

시인은 가지가 담을 넘는 것을
무명에 획을 긋는 것이라고 말한다.
가지를 사람으로 바꿔서 시를 읽으면

사람의 '담'인 '무명'은 '고집 센 비'로 표현된
부질없는 고집과 '도리 없는 폭설', 인간으로서
지켜야 할 도리에 어긋난, 무도한 언행이라고 독해할 수 있다.

이러한 '무명' 때문에 오히려, '무명에 획을 긋는'
무명에서 벗어나는 일이 '신명 나는 일이' 된다.

그리고 '얼굴 한번 못 마주친 애먼 뿌리'처럼
본 적이 없지만 같은 공동체에 속한 사람들과
'잠시 살 붙였다 적막히 손을 터는', 잠시라도 인연이 있었던
사람들이 '혼연일체 믿어주'고 '도반'이 되어 함께 할 때,
'무명'에서 벗어날 수 있다.

⇨ 프로스트의 〈가지 않은 길〉을 살펴보자.

노란 숲 속에 길이 두 갈래로 났었습니다.
나는 두 길을 다 가지 못하는 것을 안타깝게 생각하면서,
오랫동안 서서 한 길이 굽어 꺾여 내려간 데까지,
바라다볼 수 있는 데까지 멀리 바라다보았습니다.

그리고, 똑같이 아름다운 다른 길을 택했습니다.
그 길에는 풀이 더 있고 사람이 걸은 자취가 적어,
아마 더 걸어야 될 길이라고 나는 생각했었던 게지요.
그 길을 걸으므로, 그 길도 거의 같아질 것이지만.

그날 아침 두 길에는 / 낙엽을 밟은 자취는 없었습니다.
아, 나는 다음날을 위하여 한 길은 남겨 두었습니다.
길은 길에 연하여 끝없으므로
내가 다시 돌아올 것을 의심하면서…….

훗날에 훗날에 나는 어디선가
한숨을 쉬며 이야기할 것입니다.
숲 속에 두 갈래 길이 있었다고.
나는 사람이 적게 간 길을 택했다고.
그리고 그것 때문에 모든 것이 달라졌다고.

'나'의 행위를 중심으로 정서를 이야기하는 시다.

'~바라다보았습니다', '~택했습니다', '~남겨 두었습니다'

화자인 나의 행위가 표현된 시어이다.

'두 길', '다른 길', '한 길'

나의 행위의 대상(무엇을)이 표현된 시어이다.

'길'은 사람이 걸어가는 공간이다. 걷는 것은 살아가는

것이다. 시에서 '길'은 대체로 삶을 의미한다.

'그날 아침', '훗날에 훗날에'

나의 행위의 시간(언제)이

'숲속', '어디선가'

나의 행위의 공간(어디서)이 표현된 시어이다.

'안타깝게', '의심하면서', '한숨을 쉬며'

나의 정서가 표현된 시어이다.

'그것 때문에 모든 것이 달라졌다고'

'그것'은 한 길을 택하고, 한 길은 남겨 둔 것인데

내가 한숨을 쉬는 이유가 표현된 시구이다.

나의 행위와 행위로 인한 정서가 표현된 시구를

중심으로 뜯어 모아 엮어

나는 두 갈래 길을 다가지 못하는 것을 안타까워하면서

사람이 걸은 자취가 적은 길을 택했습니다.

다시 돌아올 것을 의심하면서, 다음날을 위하여 한 길을

남겨 두었기 때문에 모든 것이 달라졌다고

훗날에 한숨을 쉬며 이야기할 것입니다.

라고 이 시의 중심 내용을 파악할 수 있다.

화자는 스스로 한 길을 선택했는데,

왜, 훗날에 한숨을 쉬며 이야기할 것이라고 예상했을까?

다시 돌아올 것을 의심한 것은

언젠가 돌아와서, 남겨 둔 한 길을 또 선택하고 싶은

소망이 크지만 길은 끝없이 이어져 있어

다시 돌아오기 어렵다는 것을 알기 때문이다.

둘 중에 하나를 선택하면

안타까워도 하나를 버려야 한다는 것을 알지만,

선택한 길을 가고 나면 모든 것이 달라진다는 것을 알지만

어떤 길을 선택했을지라도

한 길도 버리고 싶지 않은 미련 때문에

선택할 수 없는 길에 대한 미련을 끝내 버리지 못할 것 같아서

훗날에 한숨을 쉴 것이라고 예상한다고 독해할 수 있다.

4. 시공간 독해하기

시공간에서 행위가 일어난다.
행위는 시공간의 영향을 받는다.

행위는 정서를 불러일으킨다.
시공간은 정서에 영향을 준다.

정서는 행위를 불러일으킨다.
행위는 시공간 속에서 일어난다.

이처럼 정서, 행위, 시공간은 상호작용을 하므로
시공간을 표현한 시구로 시적 대상이나 화자의 삶을
이해할 수 있고, 시적 대상이나 화자의 삶을 표현한 시구로
시공간을 표현한 시구들을 이해할 수 있다.

시공간을 중심으로 정서와 행위를 뜯어 모아 엮어
중심 내용을 파악할 수도 있다.

⇨ 고은의 〈선제리 아낙네들〉을 살펴보자

먹밤중 한밤중 새터 중뜸 개들이 시끌짝하게 짖어댄다
이 개 짖으니 저 개도 짖어
들 건너 갈메 개까지 덩달아 짖어댄다
이런 개 짖는 소리 사이로
언뜻언뜻 까 여 다 여 따위 말끝이 들린다
밤 기러기 드높게 날며
추운 땅으로 떨어뜨리는 소리하고 남이 아니다
앞서거니 뒤서거니 의좋은 그 소리하고 남이 아니다
콩밭 김칫거리
아쉬울 때 마늘 한 접 이고 가서
군산 묵은장 가서 팔고 오는 선제리 아낙네들
팔다 못해 파장떨이로 넘기고 오는 아낙네들
시오릿길 한밤중이니
십릿길 더 가야지
빈 광주리야 가볍지만
빈 배 요기도 못하고 오죽이나 가벼울까
그래도 이 고생 혼자 하는 게 아니라
못난 백성
못난 아낙네 끼리끼리 나누는 고생이라
얼마나 의좋은 한세상이더냐
그들의 말소리에 익숙한지
어느새 개 짖는 소리 뜸해지고

> 밤은 내가 밤이다 하고 말하려는 듯 어둠이 눈을 멀뚱거
> 린다

시공간을 독해하자

'먹밤중', '한밤중', '밤', '어둠'
시적 대상인 선제리 아낙네들이 살아가는 시간이다.
즉 이 시의 시간적 배경이다.

'새터 중뜸', '들 건너 갈메', '추운 땅', '콩밭', '군산 묵은장',
'시오릿길', '십릿길'
시적 대상인 '못난 백성', '못난 아낙네', '선제리 아낙네들'이
살아가는 공간이다. 즉 이 시의 공간적 배경이다.

인간은 시간과 공간을 벗어나서 살아갈 수 없다.
시간과 공간 속에서 살아가는 인간은
시간과 공간의 영향을 받는다.

인간이 살아가기 좋은 시간과 공간이 있고,
살아가기 힘든 시간과 공간이 있다.

햇빛이 잘 비치고, 밝고, 따뜻하고, 시원하고,
물이 넉넉하고, 숲이 우거지고, 넓은 들판이 펼쳐진
시공간은 인간이 살아가기 좋은 공간이다.

반면 햇빛이 잘 비치지 않고, 어둡고, 춥고, 무덥고,
가물고, 바람 불고, 눈비 내리고, 좁고, 높고, 깊은
시공간은 인간이 살아가기 힘든 공간이다.

화자나 시적 대상도 독자와 똑같이 시공간의 영향을 받는다.

시에는 인간이 살기 힘든 시공간이 많이 표현된다.
힘든 시공간 속에서 만들어지는
삶의 아픔, 아픔에 굴하지 않는 의지, 소망 등을
표현하는 경우가 많기 때문이다.

한편 살기 좋은 시공간은
대체로 현실이 아닌, 부재하는,
부재하므로 바라는, 꿈꾸는 시공간이다.

'먹밤중', '한밤중', '밤', '어둠', '추운 땅'
선제리 아낙네들이 살아가기 힘든 시공간이다.

스스로 시 독해하기   147

'아쉬울 때', '팔다 못해 파장떨이로 넘기고',
'빈 배 요기도 못하고', '이 고생'
선제리 아낙네들의 힘들고 고생스러운 삶이
표현된 시구들이다.
이처럼 시공간을 표현하는 시어들과
삶을 표현하는 시어들은 어울린다. 호응한다.

'밤은 내가 밤이다 하고 말하려는 듯
어둠이 눈을 멀뚱거린다'
'빈 배 요기도 못 하면서 고생하는데도
'끼리끼리 나누는 고생' = '의좋은 한세상'
즉, 고생을 나누며 의좋게 살아가는 선제리 아낙네들을
'밤' = '어둠' = '고생'이 이해할 수 없다는 듯이
눈을 멀뚱거리며 쳐다보고 있는 것처럼 표현되었다.

뜯어 모아 엮자

위 시어들을 뜯어 모아 엮어
먹밤중 한밤중, 추운 땅, 군산 묵은장에서
고생을 끼리끼리 나누며 의좋게 살아가는 선제리 아낙네들
이라고 중심 내용을 파악할 수 있다.

148

⇨ 박재삼의 〈추억에서〉를 살펴보자.

> 진주 장터 생어물전에는
> 바다 밑이 깔리는 해 다 진 어스름을,
>
> 울 엄매의 장사 끝에 남은 고기 몇 마리의
> 빛 발하는 눈깔들이 속절없이
> 은전만큼 손 안 닿는 한이던가
> 울 엄매야 울 엄매,
>
> 별밭은 또 그리 멀리
> 우리 오누이의 머리 맞댄 골방 안 되어
> 손 시리게 떨던가 손 시리게 떨던가,
>
> 진주 남강 맑다 해도
> 오명 가명
> 신새벽이나 밤빛에 보는 것을,
> 울 엄매의 마음은 어떠했을꼬,
> 달빛 받은 옹기전의 옹기들같이
> 말없이 글썽이고 반짝이던 것인가.

시적 대상은 '우리 오누이'와 '올 엄매(엄마)'이다.
'올 엄매'는 '우리 엄매'와 '우는 엄매'
두 가지로 독해할 수 있다.

화자는 '우리 오누이' 중의 하나인 '나'이다.

'해 다진 어스름', '신새벽', '밤빛', '달빛'
'올 엄매'와 '우리 오누이'가 살던 시간이다.

'진주 장터 생어물전', '진주 남강'은 '올 엄매'가
'골방'은 '우리 오누이'가 살던 공간이다.

'손 시리게 떨던가 손 시리게 떨던가'
'올 엄매'의 행위가 표현되었다.
즉 빛이 조금밖에 없는, 살아가기 힘든 시공간 속에서
손 시리게, 힘들게, 가난하게 살았다.

'속절없이', '한', '울(울다)', '말없이 글썽이고 반짝이던'
힘들고 가난한 삶의 정서가 표현된 시어이다.

'별밭은 또 그리 멀리 우리 오누이의 머리 맞댄 골방 안 되어'
별밭이 골방 안이 되었다.
골방 안에는 우리 오누이가 머리를 맞대고 있다.
골방 안의 우리 오누이는 별밭의 별이다.

하늘의 별을 바라보듯이
울 엄매는 우리 오누이를 바라보며 산다.
우리 오누이는 울 엄매의 별, 살아가는 이유이며, 희망이다.

울 엄매는 가난과 한을 안고,
삶의 이유이자 희망인 '우리 오누이'를 안고 살아갔다.
그래서 '울 엄매는 말없이 글썽이고 반짝이던 것'이다.

이처럼, 시공간이 표현된 시어들과
그 속에서의 삶이 표현된 시어들과
정서가 표현된 시어들은 호응한다, 어울린다.

스스로 시 독해하기   151

뜯어 모아 엮자

앞의 시어들을 뜯어 모아 엮어
해 다진 어스름, 신새벽, 밤빛, 달빛에
진주 장터 생어물전, 진주 남강에서
울 엄매는 우리 오누이를 생각하며
속절없이 한스럽게, 말없이 글썽이고 반짝였다.
라고 중심 내용을 파악할 수 있다.

⇨ 오장환의 〈고향 앞에서〉를 살펴보자.

흙이 풀리는 내음새
강바람은
산짐승의 우는 소릴 불러
다 녹지 않은 얼음장 울멍울멍* 떠내려간다.

진종일
나룻가에 서성거리다
행인의 손을 쥐면 따듯하리라.

고향 가차운 주막에 들러
누구와 함께 지난날의 꿈을 이야기하랴.
양귀비** 끓여다 놓고
주인집 늙은이는 공연히 눈물지운다.

간간이 잰나비 우는 산기슭에는
아직도 무덤 속에 조상이 잠자고
설레는 바람이 가랑잎을 휩쓸어간다.

예제로*** 떠도는 장꾼들이여!

---

*　　울음이 터질듯한 모양.
**　　진통 효과가 있어 약재로도 사용됨.
***　여기저기로.

상고하며 오가는 길에

혹여나 보셨나이까.

전나무 우거진 마을

집집마다 누룩을 디디는 소리, 누룩이 뜨는 내음새……

시공간을 독해하자

화자가 있는 시공간, 배경으로 정서를 표현했다.

'흙이 풀리는 내음새'가 나고, '설레는 바람이 가랑잎을

휩쓸어가'는, 겨울이 물러나며 봄이 오는 시간에

'다 녹지 않은 얼음장 울멍울멍 떠내려가고',

'산짐승', '잰나비의 우는' 소리가 들리는 곳에

'주인집 늙은이', 늙은 집주인에게 세를 내고 빌려 쓰는

공간에 화자가 있다고 독해할 수 있다.

'~떠내려간다', '~눈물지운다', '~휩쓸어간다'

화자와 같은 시공간에 있는 시적 대상의 행위가, 사실이

현재 시제로 표현되었다.

한편 '~따듯하리라'의 '-리라'는
추측을 나타내는 종결 어미다.
'~이야기하랴'의 '-랴'는
반문하는 뜻을 나타내는 종결 어미다.

따라서 '주막에 들러 ~ 이야기하랴'와
'나룻가에 서성거리다 ~ 따듯하리라'는
현실이 아니라, 화자의 상상을 표현한 시구이다.

이처럼, 화자는 현실 세계와 상상의 세계를 넘나든다.
시공간을 넘나들며, 화자의 그리움과 고독은 더욱 깊어진다.

'산짐승의 우는 소리~', '얼음장 울멍울멍~', '잰나비 우는~',
'~주인집 늙은이는 눈물지운다'
시적 대상들의 우는 소리가 가득한 시공간이다.

화자가 운다고 표현된 시구는 없지만
시적 대상의 정서와 화자의 정서는 호응하므로
화자도 고향이 그리워, 울며 눈물 닦는다고 독해할 수 있다.

진종일 나룻가에 서성거리다

화자는 고향이 눈물겹도록 그립지만, 갈 수 없어서,

상상으로, 마음속에서

강바람 불고, 얼음장이 떠내려가는 나룻가를

하루 종일 서성거린다,

상상 속에서도 오가는 사람이 보이지 않아서.

'행인의 손을 쥐면 따듯하리라.'

고향이 그립고, 얼음장같이 고독한 화자가

진종일 나룻가에서 서성거리다가 만난 행인의 손을 쥔다면,

고독이 따듯하게 녹아내릴 것 같다고 상상하다가

'고향 가차운 주막'으로, 상상의 날개로 날아간다.

하지만, 마음속에서 고향 가까이 날아가도

'누구와 함께 지난날의 꿈을 이야기하랴'

함께 이야기할 사람이 없다.

고독을 나눌 사람이 없다, 고독하다.

고향 가까운 주막에서 주인집으로 돌아오니,

즉, 상상의 세계에서 현실로 돌아오니

'주인집 늙은이'가 어디가 아픈지
진통제로 쓰이는 '양귀비 끓여다 놓고',
'공연히', 세상에서 다 알 만큼 뚜렷하고 떳떳하게
'눈물지운다', 눈물을 닦고 있다.

시적 대상의 정서와 화자의 정서는 호응하므로
화자도 그리움과 고독 때문에
흐르는 눈물을 닦는다고 독해할 수 있다.

'간간이 잰나비 우는 산기슭에는 아직도
무덤 속에 조상이 잠자고'

잰나비(원숭이) 우는 산기슭은 오장환 시인의 고향인
충청도 보은에 없다.
시인의 생애를 고려하면, 일제 강점기에 고향을 떠나 원숭이가
있는 일본이나 중국에 있을 때 이 시를 썼다고 추리할 수 있다.

따라서, '조상'의 '무덤'은
일제 강점기에 타국에서 죽음을 맞이한,
죽어서도 고향으로 돌아가지 못한 사람들이라고,
화자도 이들처럼 타국에서 잠드는 것을
상상한다고 독해할 수 있다.

스스로 시 독해하기

'설레는 바람이 가랑잎을 휩쓸어간다.'
시적 대상을 화자로 바꾸면
'설레는 바람'은 화자의 그리움과 고독으로,
'가랑잎', 시들어 떨어져 마른 잎은 고향에서 떨어져 나온,
살 수 없어서 떠나온 화자라고 독해할 수 있다.

다시 말해, 끝내 고향으로 돌아가지 못할 수도 있다는 생각에
화자가 그리움과 고독에 휩싸이는, 더욱더 깊이 빠져드는
장면이라고 독해할 수 있다.

'장꾼들이여! ~ 혹여나 보셨나이까.'
'~휩쓸어간다' 바로 다음에 이어지는 시구이므로
맥락상, 눈앞에 있는 장꾼들과 대화하는 것이 아니라
화자의 독백이라고 독해할 수 있다.

상상으로, 마음속에서 나룻터를 서성거리고,
고향 가차운 주막에도 들러보았지만
그리움과 고독을 달랠 길이 없고,
눈물지우는 주인집 늙은이와
조상의 무덤이 있는 산기슭의 가랑잎이 휩쓸려가는 풍경에
더욱 그립고, 더욱 고독해진 마음을 털어내려는 듯이
'장꾼들이여!'라고, 마음속으로 외친다.

158

'**전나무 우거진 마을 ~ 디디는 소리**', '**~ 뜨는 내음새**……'
하지만 장꾼들의 대답이 있을 리 없고,
화자의 목소리는 이내 잦아든다, 사라진다.
그리움과 고독 속으로 깊이깊이 가라앉는다.

뜯어 모아 엮자

시공간과 시적 대상을 중심으로 뜯어 모아 엮어
얼음장 울멍울멍 떠내려간다.
주인집 늙은이는 공연히 눈물지운다.
아직도 무덤 속에 조상이 잠잔다.
설레는 바람이 가랑잎을 휩쓸어간다.
장꾼들이여! 혹여나 보셨나이까.
전나무 우거진 마을의 누룩이 뜨는 내음새……
라고 중심 내용을 독해할 수 있다.

⇨ 이육사의 〈초가〉를 살펴보자.

구겨진 하늘은 묵은 애기책을 편 듯
돌담 울이 고성같이 둘러싼 산기슭
박쥐 나래 밑에 황혼이 묻혀 오면
초가 집집마다 호롱불이 켜지고
고향을 그린 묵화 한 폭 좀이 쳐.

띄엄띄엄 보이는 그림 조각은
앞밭에 보리밭에 말매나물 캐러 간
가시내는 가시내와 종달새 소리에 반해
빈 바구니 차고 오긴 너무도 부끄러워
술레짠 두 뺨 위에 모매꽃이 피었고.

그넷줄에 비가 오면 풍년이 든다더니
앞내강에 씨레나무 밀려 나리면
젊은이는 젊은이와 뗏목을 타고
돈 벌러 항구로 흘러간 몇 달에
서릿발 잎 져도 못 오면 바람이 분다.

피로 가꾼 이삭이 참새로 날아가고
곰처럼 어린 놈이 북극을 꿈꾸는데
늙은이는 늙은이와 싸우는 입김도
벽에 서려 성에 끼는 한겨울 밤은

동리의 밀고자인 강물조차 얼붙는다.

시공간을 독해하자

'앞밭', '보리밭', '앞내강', '항구', '황혼', '서릿발', '바람',
'성에', '한겨울 밤' 이러한 시공간에서 살아가는 시적 대상인
'가시내', '젊은이', '어린 놈', '늙은이'를 중심으로
이 시를 독해해 보자.

이육사는 이 시를 발표하면서
"유폐된 지역에서"라고 창작 장소를 밝혔다.

화자는 '구겨진 하늘 ~ 돌담 울이 고성같이 둘러싼
산기슭'에 유폐, 아주 깊숙이 갇혀 있다.

'박쥐 나래 밑에 황혼이 묻혀 오면', 어두워지면
'초가 집집마다 호롱불이 켜지고'
'묵은 얘기책'같은 '고향을 그린 묵화', 먹물로 그린
그림 '한 폭'이 '좀이 쳐', 좀먹어, 드러나지 않게 조금씩 조금씩
자꾸 해를 입어 '띄엄 띄엄' 보인다.
고향에 대한 기억이 온전하지 않다.
좀먹은 듯이 띄엄띄엄 기억난다.

'앞밭에 보리밭에 ~ 가시내는 ~ 종달새 소리에 반해'
봄이 온 밭에 '말매나물', 봄나물을 '캐러 간 가시내는'
봄에 강가 풀밭이나 보리밭, 밀밭 같은 곳에 둥지를 틀고
알을 낳는 '종달새 소리에 반해', 마음이 홀린 것같이 쏠리는데

'빈 바구니 차고 오긴'
춘궁기, 묵은 곡식은 다 떨어지고
햇곡식은 아직 익지 아니하여 식량이 궁핍한
봄철로, 나물마저 캐지 못하고 집으로 돌아가야 해서

'너무도 부끄러워', 스스로가 너무 부끄러워, 자괴감이 들어,

'술레짠', 술래처럼 두 손으로 얼굴을 가린
'두 뺨 위에 모매꽃이 피었고', 부끄러움으로 두 뺨이
메꽃처럼 엷게 붉어졌다.

'그넷줄'은 5월의 단오를 표현한 환유법이다.
단오 때 그네를 타는 풍습이 있다.

단오 무렵에 '비가 오면 풍년이 든다더니', 풍년을 기대했으나
'앞내강에 씨레나무', 뗏목을 만들 수 있는 나무
'밀려 나리면', 농사를 망칠 정도로 큰비가 내려 떠내려오면

'젊은이는 젊은이와 뗏목을 타고
돈 벌러 항구로 흘러간 몇 달에'
먹고 살기 막막해서, 등 떠밀리듯이, 어쩔 수 없이
뗏목을 타고 돈 벌러 항구로 흘러간 지 몇 달이나 지났는데,

'서릿발 잎 져도 못 오면 바람이 분다.'
서리 내리고, 잎이 지고, 찬 바람 부는데
젊은이들은 못 돌아온다.

'피로 가꾼 이삭이 참새로 날아가고'
피땀 흘려 가꾼 이삭을 참새가 뜯어 먹고

'곰처럼 어린 놈이 북극을 꿈꾸는데'
한겨울 밤에, 추위와 굶주림 속에
잠자고 있는 어린 놈을 시적으로 표현했다고 추리할 수 있다.

꿈은 결핍이다.
자신에게 없는 것, 결핍된 것을 사람들은 꿈꾼다, 욕망한다.
북극의 추위와 굶주림에 떠는 곰처럼, 어린 놈도
추위와 굶주림에서 벗어나기를 꿈꾼다고 독해할 수 있다.

이처럼 시인이 어떤 실제 상황을 시적으로 표현했을지
추리하여 애매모호한 시구를 독해할 수도 있다.

'늙은이는 늙은이와 싸우는'
굶주림을 표현한 시구인 '빈 바구니~', '풍년이 든다더니~',
'돈 벌러 항구로~', '~이삭이 참새로 날아가고'로
먹을 것이 없어서, 굶주려서 노부부가 싸운다고
독해할 수 있다.

'싸우는 입김도', 추운 방에서 싸우면서 내뿜는 더운 입김도
'벽에 서려 성에 끼는', 벽에 입김이 허옇게 얼어붙어
서릿발이 되는 '한겨울 밤은', 매우 추운 겨울밤은

'동리의 밀고자인 강물조차 얼붙는다.'
남몰래 넌지시 일러바치는 밀고자처럼 캄캄한 밤에
보이진 않고, 흐르는 소리만 들리던 마을의 강물이
얼어붙어 소리조차 들리지 않는다고,

적막하다고, 고요하고 쓸쓸하다고 독해할 수 있다.

유폐된, 구겨진 하늘과 산기슭에 둘러싸인 시인을
의지할 곳 없는 적막한 화자를 상상할 수 있다.

타향에서 고향을 아름답게 추억하며 그리워하는 시들과 달리
유폐당한 지역에서 좀먹은 그림 조각처럼 띄엄띄엄 기억나는
고향의 사계를, 시공간을 순차적으로 묘사했다.

굶주리고 추위에 떠는 고향 사람들을
선명한 이미지로 그려 낸 시구를 뜯어 모아 엮어
나물 캐러 갔던 가시내들은
빈 바구니 차고 오긴 너무도 부끄럽다.
돈 벌러 항구로 흘러갔던 젊은이들은
서리가 내려도 돌아오지 못한다.
강물조차 얼붙는 한겨울 밤에
곰처럼 어린 놈이 북극을 꿈꾸는데
늙은이는 늙은이와 싸운다
라고 중심 내용을 파악할 수 있다.

⇨ 최두석의 〈낡은 집〉을 살펴보자.

귀향이라는 말을 매우 어설퍼하며 마당에 들어서니 다리를 저는 오리 한 마리 유난히 허둥대며 두엄자리로 도망간다. 나의 부모인 농부 내외와 그들의 딸이 사는 슬레이트 흙담집, 겨울 해어름의 집 안엔 아무도 없고 방바닥은 선뜩한 냉돌이다. 여덟 자 방구석엔 고구마 뒤주가 여전하며 벽에 메주가 매달려 서로 박치기한다. 허리 굽은 어머니는 냇가 빨래터에서 오셔서 콩깍지로 군불을 피우고 동생은 면에 있는 중학교에서 돌아와 반가워한다. 닭똥으로 비료를 만드는 공장에 나가 일당 서울 광주 간 차비 정도를 버는 아버지는 한참 어두워서야 귀가해 장남의 절을 받고, 가을에 이웃의 텃밭에 나갔다 팔매질 당한 다리병신 오리를 잡는다.

시공간을 독해하자

'겨울 해어름', '한참 어두워서야', '슬레이트 흙담집',
'선뜩한 냉돌', '여덟 자 방구석', '냇가 빨래터', '중학교',
'닭똥으로 비료를 만드는 공장'은
화자의 부모와 동생이 살아가는 시공간이다.

화자가 겨울 해 질 무렵에

아무도 없는 고향 집 마당에 들어서니,
'가을에 이웃의 텃밭에 나갔다 팔매질 당한 다리를 저는
오리 한 마리 유난히 허둥대며 두엄자리로 도망간다.'

방문을 열어 보니 '방바닥은 선뜩한 냉돌'이고, 비좁은
'여덟 자 방구석엔' (곳간이 없는지) '고구마 뒤주가 여전히' 있고,
겨울 찬바람에 '벽에 매달린 메주가 서로 박치기한다',
흔들리며 부딪힌다.

이처럼 화자의 고향 집은, 낡은 집은
어둡고 추운, 가난한 시공간이다.

'귀향이라는 말을 매우 어설퍼하며~'
화자는 여전히 귀향이, 낡은 고향 집이, 춥고 어두운 가난이
매우 어설프게 느껴진다. 익숙해지지 않는다.

이런 고향 집에서 '허리 굽은 어머니는 겨울 냇가 빨래터에서'
손 시리게 빨래하고, '아버지는 닭똥' 냄새 고약한
'비료 공장'에서 '일당'으로, 하루에 '서울 광주 간 차비 정도를'
벌며 여전히 가난하게 살아가고 있다.

그런데 화자인 장남이 낡은 집에 돌아오자

장남을 위해서, '어머니'는 선뜩한 방바닥을 덥히려고
(땔나무가 없는지) '콩깍지로 군불을 피우고',
'한참 어두워서야 비료 공장'에서 돌아온
'아버지는 장남의 절을 받고', '다리병신 오리를 잡는다.'
'면에 있는 중학교에서' 돌아온 '동생은' 오빠를 반가워한다.

이처럼 여전히 춥고 가난한 시공간 속에서, 낡은 집에서
살면서 반가워하고, 절을 받고, 군불을 피우고, 오리를 잡는
시적 대상들의 행위에서 가족 간의 사랑을 독해할 수 있다.

뜯어 모아 엮자

시공간과 시적 대상의 행위를 중심으로
시구를 뜯어 모아 엮어
겨울 해어름에 어설퍼하며 귀향한 장남.
낡은 집의 방바닥은 선뜩한 냉돌이다.
냇가 빨래터에서 돌아온 어머니는 콩깍지로 군불을 피우고
동생은 면에 있는 중학교에서 돌아와 반가워한다.
한참 어두워서야 닭똥 비료 공장에서 귀가한 아버지는
장남의 절을 받고, 다리병신 오리를 잡는다.
라고 중심 내용을 파악할 수 있다.

⇨ 김종길의 〈문〉을 살펴보자.

> 흰 벽에는 ──
>
> 어련히 해들 적마다 나뭇가지가 그림자 되어 떠오를 뿐
> 이었다. / 그러한 정밀*이 천년이나 머물렀다 한다.
>
> 단청은 연년이 빛을 잃어 두리기둥에는 틈이 생기고, 볕
> 과 바람이 쓰라리게 스며들었다. 그러나 험상궂어 가는
> 것이 서럽지 않았다.
>
> 기왓장마다 푸른 이끼가 앉고 세월은 소리없이 쌓였으
> 나 문은 상기 닫혀진 채 멀리 지나가는 바람 소리에 귀를
> 기울이는 밤이 있었다.
>
> 주춧돌 놓인 자리에 가을풀은 우거졌어도 봄이면 돋아
> 나는 푸른 싹이 살고, 그리고 한 그루 진분홍 꽃이 피는 나
> 무가 자랐다.
>
> 유달리도 푸른 높은 하늘을 눈물과 함께 아득히 흘러간
> 별들이 총총히 돌아오고 사납던 비바람이 걷힌 낡은 처마
> 끝에 찬란히 빛이 쏟아지는 새벽, 오래 닫혀진 문은 산천
> 을 울리며 열리었다.

---

*   고요하고 편안함.

> ── 그립던 깃발이 눈뿌리에 사무치는 푸른 하늘이었다.

시공간을 독해하자

시공간을 표현한 '벽', '단청', '두리기둥', '기왓장', '주춧돌',
'해', '볕과 바람', '밤', '가을', '봄', '하늘', '별', '비바람',
'산천' 등의 시어로 소리 없이 쌓이는 '천년'의
세월 속에서 일어난 사찰(건물)의 변화를 표현했다.

시어로 시어를 독해하면
'문'과 '새벽', '깃발', '푸른 하늘'은 맥락적 의미가 같다.

'눈물과 함께 아득히 흘러간 별들이 총총히 돌아온 새벽'에
'사납던 비바람이 걷히'고, '찬란히 빛이 쏟아지는 새벽'에
'오래 닫'혔던 '문은 열리었다.'
이처럼, 어둠이 물러가고 빛이 쏟아지는 새벽에
문이 열린다는 것은 새벽이 오는 것이라고,
즉, '문'은 '새벽'이라고 독해할 수 있다.

또한 산천을 울리며 천지개벽하듯이 문이 열리자
그리워했던 깃발이, 푸른 하늘이 보이므로
'문'과 '깃발', '푸른 하늘'은 의미가 통한다고 독해할 수 있다.

170

문이 새벽에 산천을 울리며 열리기 전까지는
'흰 벽에는 정밀이 천년이나 머물렀'고,
'단청은' 매년 '빛을 잃'었고,
'두리기둥에는 틈이 생기고',
'볕과 바람이 쓰라리게 스며들었'고
'기왓장마다 푸른 이끼가 앉고',
'주춧돌 놓인 자리에는 가을풀'이 '우거졌'었다.

이처럼 험상궂고 쓰라린, 문이 닫힌 세월이 흘러갔지만

'봄이면 푸른 싹이' 돋아났고,
'한 그루 진분홍 꽃이 피는 나무가 자랐'고
'멀리 지나가는 바람 소리에 귀를 기울이는 밤이 있었'으므로
'서럽지 않았다.'

험상궂고 쓰라린 세월을 서럽지 않게 견딘 끝에
'사납던 비바람이 걷'히고 '눈물과 함께 아득히 흘러간 별들이
총총히 돌아오'는 '새벽'에 '문'이 열렸다.

문이 열리는 것을 인간의 삶에 빗대면
새로운 삶이, 새로운 시대가 열리는,
새로운 역사가 시작되는 것이라고,

다시 말해

역사를 사찰의 이미지로 형상화했다고 독해할 수 있다.

또한, 이 시가 1947년에 발표된 것을 고려하면

문이 닫힌 것은 일제 강점기라고, 문이 열린 것은 우리 민족이

광복, 빛을 회복한 것이라고 독해할 수 있다.

뜯어 모아 엮자

시공간과 정서가 표현된 시구를 중심으로 뜯어 모아 엮어

볕과 바람이 쓰라리게 스며들었다.

그러나 서럽지 않았다.

바람 소리에 귀를 기울이는 밤이 있었다.

봄이면 돋아나는 푸른 싹이 살고,

한 그루 진분홍 꽃이 피는 나무가 자랐다.

찬란히 빛이 쏟아지는 새벽,

오래 닫혀진 문은 산천을 울리며 열리었다.

그립던 깃발이 눈뿌리에 사무치는 푸른 하늘이었다.

라고 중심 내용을 파악할 수 있다.

⇨ 김동환의 〈산 너머 남촌에는〉을 살펴보자.

<1>
산 너머 남촌에는 누가 살길래
해마다 봄바람이 남으로 오네
꽃 피는 사월이면 진달래 향기
밀 익는 오월이면 보리 내음새
어느 것 한 가진들 실어 안 오리
남촌서 남풍 불 제 나는 좋데나

<2>
산 너머 남촌에는 누가 살길래
저 하늘 저 빛깔이 저리 고울까
금잔디 너른 벌엔 호랑나비 떼
버들밭 실개천엔 종달새 노래
어느 것 한 가진들 들려 안 오리
남촌서 남풍 불 제 나는 좋데나

<3>
산 너머 남촌에는 배나무 있고
배나무꽃 아래엔 누가 섰다기,
그리운 생각에 영에 오르니
구름에 가리어 아니 보이나
끊었다 이어 오는 가는 노래

시공간을 독해하자

공간인 '산 너머 남촌'을 중심으로 이야기하며
정서를 표현한 시다.

'산 너머 남촌'에는
'봄바람', '진달래 향기', '보리 내음새', '남풍', '저 하늘',
'금잔디 너른 벌', '호랑나비 떼', '버들밭 실개천',
'종달새 노래', '배나무꽃', '구름', '바람'이 있다.
사람이 살기 좋은 아름다운 공간이다.

'산 너머 남촌에는 누가 살길래'
현재 화자는 남촌에서 살지 않지만

'남촌서 남풍 불 제 나는 좋데나'
아름다운 남촌을 좋아한다, 남촌에서 살고 싶다.

하지만 '~ 그리운 생각에 영(산마루)에 오르니'

남촌은 갈 수 없는, 그리운 공간이다.

'해마다', '사월이면', '오월이면', '남풍 불 제'는
시간이 표현된 시구이다.

'좋데나', '그리운'은 '나'의 정서가 표현된 시구이다.

뜯어 모아 엮자

시공간을 중심으로 시어들을 뜯어 모아 엮어
그리운 산 너머 남촌에서 남풍 불 제 나는 좋데나
라고 이 시의 중심 내용을 파악할 수 있다.

⇨ 박남수의 〈아침 이미지1〉을 살펴보자.

> 어둠은 새를 낳고, 돌을
> 낳고, 꽃을 낳는다.
> 아침이면,
> 어둠은 온갖 물상*을 돌려주지만
> 스스로는 땅 위에 굴복한다.
> 무거운 어깨를 털고
> 물상들은 몸을 움직이어
> 노동의 시간을 즐기고 있다.
> 즐거운 지상의 잔치에
> 금으로 타는 태양의 즐거운 울림.
> 아침이면,
> 세상은 개벽을 한다.

시공간을 독해하자

제목 그대로, 태양이 떠오르는 땅 위의 풍경,
즉, 세상이 개벽하는 아침의 이미지를 표현했다.

---

*   자연계의 사물과 그 변화 현상.

'아침이면, 세상은 개벽을 한다.'
이 시의 주제가 표현된 시구이다.

'아침이면, 어둠은 ~ 낳고 ~ 낳는다.'
= '어둠은 ~ 돌려주지만 ~ 굴복한다.'

밤에, 어둠으로 보이지 않던
'새', '돌', '꽃' 등 '온갖 물상'이
태양이 뜨면, 아침이 오면, 보이는 것을
시적 대상인 '어둠'을 의인화하여
'어둠'의 주체적이고 능동적인 행위로 표현했다.

'아침이면, 물상들은 어깨를 털고 몸을 움직이어'
시적 대상인 '물상들'을 의인화하여
물상들이 노동하는, 생존을 위해 움직이는, 활동하는 모습을
'노동의 시간을 즐기고 있다.'
= '즐거운 지상의 잔치' + '태양의 즐거운 울림'
= '세상은 개벽을 한다.'라고 표현했다.

스스로 시 독해하기

⇨ 정지용의 〈인동차〉를 살펴보자.

노주인의 장벽에
무시로 인동 삼긴* 물이 나린다.

자작나무 덩그럭 불**이
도로 피어 붉고,

구석에 그늘지어
무가 순 돋아 파릇하고,

흙냄새 훈훈히 김도 서리다가
바깥 풍설 소리에 잠착하다***.

산중에 책력****도 없이
삼동이 하이얗다.

시공간을 독해하자

'산중'(공간)의 '삼동'(시간)을 중심으로 정서를 표현한 시다.

---

*   삶긴. 물에 삶아 우려낸.
**   장작의 다 타지 않은 덩어리에 붙은 불.
***   어떤 한 가지 일에만 마음을 골똘하게 쓰다.
**** 달력.

'무시로', '책력도 없이'
인위적인 시간 개념 없이,
자연의 시간에 따라 지내는 겨울이다.

'삼동이 하이얗다.'
하얗게 눈 덮인 삼동 산중에서

'덩그럭 불이 도로 피어 붉고',
'무가 순 돋아 파릇하고',
'흙냄새 훈훈히 김도 서리다가'
훈훈한 봄기운이 파릇하게 서리는 산중에서

'노주인의 장벽에 무시로 인동 삼긴 물이 나린다.'
인동차를 마시는 노주인의 행위로
삼동을, 겨울을, 힘든 시간을 견뎌 내는
'노주인'의 정서를 표현했다.

'바깥 풍설 소리에 잠착하다.'
방안에서 풍설 소리를 들으며

'바깥', 방 밖의 풍경, 파릇한 생명들에
'잠착하다', 마음을 골똘히 쓴다.

산중에서 인동차를 마시며 삼동을 지내는 노주인이
풍설 속에서 훈훈히 파릇하게 돋아나는 생명들에게
골똘히 마음 쓰는 장면을
시공간을 중심으로 표현했다.

뜯어 모아 엮자

시공간을 중심으로 시어를 뜯어 모아 엮어
하이얀 삼동 산중에 책력도 없이
노주인이 무시로 인동 삼긴 물을 마시며
바깥 풍설 소리에 잠착하다.
라고 중심 내용을 파악할 수 있다.

⇨ 이형기의 〈낙화〉를 살펴보자.

가야 할 때가 언제인가를
분명히 알고 가는 이의
뒷모습은 얼마나 아름다운가.

봄 한철
격정을 인내한
나의 사랑은 지고 있다.
분분한 낙화……
결별이 이룩하는 축복에 싸여
지금은 가야 할 때,

무성한 녹음과 그리고
머지않아 열매 맺는
가을을 향하여

나의 청춘은 꽃답게 죽는다.

헤어지자
섬세한 손길을 흔들며
하롱하롱 꽃잎이 지는 어느 날

나의 사랑, 나의 결별,

샘터에 물 고이듯 성숙하는
내 영혼의 슬픈 눈.

시공간을 독해하자

'봄 한철', '어느 날'
'분분한 낙화'
꽃잎이 한 장 한 장, 하롱하롱 떨어지는 풍경을, 시공간을
'나의 청춘이 지는', '가는', '죽는' 것에 빗대어 표현했다.

'나의 청춘은 꽃답게 죽는다.'
꽃이 떨어지듯이 '봄 한철' 곧 '청춘'의
'격정을 인내한 나의 사랑은 지고 있다.'

'하롱하롱 꽃잎이 지는 어느 날'
어느날 꽃이 지듯이

'지금은 가야 할 때'
청춘도 지는, 떠나가야 하는 때가 있다.

'분분한 낙화 ~ 무성한 녹음 ~ 열매 맺는 가을을 향하여'

꽃이 때맞춰 피고 지고, 때맞춰 잎이 무성해지고,

열매를 맺듯이

'가야 할 때가 언제인가를 ~ 알고 가는 이

~ 얼마나 아름다운가.'

가야 할 때를 알고, 때맞춰 피고 지는 꽃처럼

청춘과 결별해야 하는 때를 알고,

때맞춰 결별하는 사람이 아름답다.

'결별이 이룩하는 축복에 싸여'

꽃이 지며 열매를 축복, 기원하듯이

청춘과 결별하며, 영혼의 성숙을 축복한다, 기도한다.

결별은 끝이 아니라, 새로운 시작이므로.

'나의 사랑, 나의 결별 ~ 성숙하는 내 영혼의 슬픈 눈.'

가야 할 때를 알고 가는 청춘, 사랑이다.

슬픔과 성숙이 공존하는 결별, 축복에 싸인 슬픔을 통해

내 영혼은 '샘터에 물 고이듯', 조용히, 찬찬히 성숙한다.

스스로 시 독해하기

낙화에 빗대어 청춘의 결별을 표현한 시구를 뜯어 모아 엮어

결별이 이룩하는 축복에 싸여

나의 청춘은 꽃답게 죽는다.

샘터에 물 고이듯 성숙하는

내 영혼의 슬픈 눈

이라고 중심 내용을 파악할 수 있다.

3장

수능 현대시
기출 문제 분석

1. 기출 분석

2020~2026학년도까지 수능 현대시 관련 지문은
2020, 2021, 2023학년도에는 현대시 2편,
2022, 2024, 2025, 2026학년도에는
현대시 2편과 수필 1편으로 구성되었다.

이처럼 2~3편의 글이 하나의 지문을 구성하므로 각각의 글에
(가), (나), (다) 기호를 붙인다.

밑줄 친 시어나 시구에는
'㉠, ㉡, ㉢, ㉣, ㉤' 또는 'ⓐ, ⓑ, ⓒ, ⓓ, ⓔ'라고,
2행 이상이나 하나의 연에는 '[A], [B], [C], [D], [E]'라고
기호를 붙인다.

문제에 딸린 작은 지문에는 〈보기〉라고 기호를 붙인다.

① 문제 유형별 분석

시어나 시구의 의미를 묻는 문제들은

㉠~㉣에 대한 **이해로** ~ ㉠~㉤을 탐구한 **내용으로** ~ ㉠~㉤의 시적 기능에 대한 **설명으로** ~ ㉠과 ㉡에 대한 **이해로** ~ ⓐ, ⓑ에 대한 **이해로** ~ ⓐ~ⓔ에 대한 **설명으로** ~ (나)의 '당신'에 대한 **설명으로** ~	**적절한 것은?** 또는, **적절하지 않은 것은?**

이라고 출제되었다.

2행 이상의 시구나 연의 의미를 묻는 문제들은

[A]~[F]에 대한 **이해로** ~	**적절한 것은?** 또는, **적절하지 않은 것은?**

이라고 출제되었다.

시의 전체적인 의미나 시와 시를 비교하는 문제들은

(가)에 대한 **이해로** ~

(나)에 대한 **이해로** ~

(가)~(다)에 대한 **설명으로** ~

~를 중심으로 (나)를 감상한 **내용으로** ~

~를 중심으로 (나)를 이해한 **내용으로** ~

(가)와 (나)의 **공통점으로** ~

(가)~(다)의 **공통점으로** ~

~을 중심으로 (가)와 (나)를 비교한 **내용으로** ~

적절한 것은?
또는,
**적절하지
않은 것은?**

이라고 출제되었다.

〈보기〉를 독해하고 답을 찾는 문제들은

〈보기〉를 참고할 때, [A]~[E]에 대한 **이해로 ~**

〈보기〉를 참고하여 (가)와 (나)를 이해한 **내용으로 ~**

〈보기〉를 참고하여 (가), (나)를 감상한 **내용으로 ~**

〈보기〉를 참고하여 (가)~(다)를 감상한 **내용으로 ~**

〈보기〉를 참고하여 (가)를 감상한 **내용으로 ~**

〈보기〉를 바탕으로 (가)와 (나)를 감상한 **내용으로 ~**

〈보기〉를 바탕으로 (나)를 감상한 **내용으로 ~**

〈보기〉를 바탕으로 (다)를 이해한 **내용으로 ~**

적절한 것은?
또는,
**적절하지
않은 것은?**

이라고 출제되었다.

이러한, 시어, 시구, 연, 시의 의미를 독해하는 문제와
〈보기〉에 대한 독해를 바탕으로 시를 독해하는 문제,
시와 시, 시와 수필을 독해하고, 비교하는 문제의 답은

시어·시구·시를 독해하면, 읽고 이해하면,
화자의 정서를 중심으로 중심 내용을 파악하면
모두 찾을 수 있다.

독해력이 정답이다.

② 선택지 분석

문제의 답, 선택지들은 아래와 같은 것이 출제되었다.
아래는 선택지의 문장 구조를 요약한 것이다.

시를 독해하면
적절한지 아닌지를 판단할 수 있는 선택지

~는 ~을 드러낸다.

~ 것은 ~을 드러낸다.

~은 ~으로 드러낸다.

~을 ~으로 여기는군.

~을 ~으로 인식하는군.

~을 ~으로 바라보는군.

~ 현상을 활용하여 ~ 암시하고 있다.

㉠을 활용하여 ~ 부각하고 있군.

㉠에서는 ~의 속성을 ~ 활용하고 있다.

㉡에서는 ~의 속성을 활용해 ~ 보여 주고 있다.

㉣에서는 ~의 속성을 활용해 ~ 암시하고 있다.

㉤에서는 ~의 속성을 활용해 ~ 의미를 부여하고 있다.

ⓐ는 ~ 말한다.

㉠ ~과 ㉡ ~ 모두, ~ 드러난다.

㉠ ~ , ㉢ ~ 의미한다.

㉠ ~ , ㉣ ~ 대상이다.

㉡ ~ , ㉢ ~ 여기고 있다.

㉢ ~ 한편, ㉣은 ~ 있다.

[A]에서는 ~ 드러낸다.

[B]에서는 ~ 부각한다.

[A]에서 ~ , [B]에서 ~ 관계를 형성한다.

[A]에서 ~, [B]에서 ~ [C]에서 ~ 이어진다.

[A]에서 ~ [B]에서 ~, [C]에서 ~ 나타난다.

(가)에서는 ~ 제시하고 있다.

(나)에서는 ~ 드러내고 있다.

시를 독해하여, 화자의 정서를 파악하면

적절한지 아닌지를 판단할 수 있는 선택지

~ 화자가 ~ 느끼는

~ 화자가 ~ 느낀 경험을 ~

~ 화자가 ~ 지각한 경험을 ~

~ 화자가 ~ 회상하는 ~

~ 화자가 경험한 ~

~ 화자가 떠올리는 ~

~ 화자가 처한 현실의 ~

~ 화자가 ~ 의식하지 않게 ~

~ 화자에게 또렷하게 인식된 ~

~ 화자에게 순간적 감동을 느끼게 한 ~

~ 화자의 감정을 ~

~ 화자의 개인적 불행이 ~

~ 화자의 거부감을 ~

~ 화자의 내면을 ~

~ 화자의 반성적 자세를 ~

~ 화자의 복합적인 정서를 ~

~ 화자의 생각을 ~

~ 화자의 소망이 ~

~ 화자의 시선을 ~

~ 화자의 안타까움을 ~

~ 화자의 애달픈 심정을 ~

~ 화자의 의도를 ~

~ 화자의 의지를 ~

~ 화자의 인식을 ~

~ 화자의 인식이 ~

~ 화자의 정서를 ~

~ 화자의 심적 상태를 ~

~ 화자의 정신적 고통에 ~

~ 화자의 개인적 불행이 ~

~ 화자의 태도를 ~

~ 화자와 동일시되는 ~

화자가 ~ 숙명적 존재이다.

화자에게 ~ 이중적 존재이다.

화자와 ~ 매개적 존재이다.

화자의 ~ 연민의 대상이다.

화자의 ~ 환기되는 대상이다.

화자는 ~ 생각을 바로잡고 있다.

화자는 ~ 짐작하고 있다.

화자는 ~ 떠올리고 있다.

화자는 ~ 여기고 있다.

화자는 ~ 기대하고 있다.

시를 독해하고, 표현 방식을 이해하면
적절한지 아닌지를 판단할 수 있는 선택지

~ 이미지를 통해 ~ 보여 준다.

~ 이미지를 활용하여 ~ 보여 준다.

~ 이미지를 연결하여 ~ 드러낸다.

~ 시각적 이미지로 보여 주는군.

~ 구체적 이미지로 보여 주는군.

~ 묘사의 초점을 이동하여 ~ 이미지를 강화하고 있다.

~ 반복을 활용하여 ~ 드러내고 있다.

~ 반복적으로 출현하는 ~ 표현이겠군.

~ 반복과 변주를 통해 ~ 표현한다.

~ 변주하여 ~ 드러내고 있다.

~ 병치하여 ~ 암시하고 있다.

~ 대비를 통해 ~ 드러내고 있다.

~ 대응을 활용하여 ~ 묘사하고 있다.

~ 빗대어 ~ 암시한다.

~ 비유한 표현이겠군.

~ 물음의 형식으로 ~ 단정하고 있다.

~ 의문을 던져 ~ 드러내고 있다.

~ 피동 표현을 통해 ~ 강조하고 있다.

~ 공간의 이동에 따라 ~ 전개하여 ~ 강화한다.

㉠을 반복하고 변주하여 ~ 드러내고 있다.

㉡을 수식어로 반복하여 ~ 강조하고 있다.

ⓒ에서 부정 명령형을 사용하여 ~ 제시하고 있다.

ⓔ에서 사물을 인격화하여 ~ 반영하고 있다.

ⓜ에서 관념을 시각화하여 ~ 표현하고 있다.

[A] : ~ 묘사하여 ~ 나타내고 있다.

[B] : ~ 제시하여 ~ 형상화하고 있다.

[E] : ~의 이미지로 ~ 드러내고 있다.

(가)는 ~로 시적 분위기를 조성하고 있다.

(가)는 ~ 말을 건네는 방식으로 ~ 드러낸다.

(가)는 동일한 색채어를 ~

(나)는 ~ 태도로 바라보고 있다.

(나)는 ~ 반복적으로 제시하며 시상을 전개한다.

(가)와 (다)는 모두 ~ 과정을 보여 주고 있다.

(나)와 (다)는 모두 ~ 표현을 통해 ~의 속성을 드러내고 있다.

<보기>를 참고하여 시를 독해하면 적절한지 아닌지를 판단할 수 있는 선택지

~은 ~을 보여 주는군.

~은 ~ 드러내는 표현이겠군.

~은 ~ 보여 주는 표현이겠군.

~ 것은 ~ 보여 주는군.

~ 것은 ~ 드러내는군.

~ 것은 ~ 찾는 모습이겠군.

~ 것은 ~ 수용하는 모습이겠군.

[D] : ~ 보여 주고 있다.

(가)에서 ~ 나타냄으로써, ~ 보여 주는군.

(가)에서 ~하는 것은, ~ 보여 주는군.

(가)에서 ~ 것은, ~ 암시하겠군.

(나)에서 ~ 것은, ~ 나타내는군.

(나)에서 ~ 나타냄으로써, ~ 환기하는군.

(나)는 ~ 인식을 드러내는군.

(가)에서 ~, (나)에서 ~ 의미하겠군.

(가)에서 ~, (나)에서 ~ 드러내는군.

(가)는 ~, (나)는 ~ 드러낸다.

(가)는 ~, (나)는 ~ 보여 준다.

(가)의 ~, (나)의 ~ 드러내고 있군.

(가)의 ~, (나)의 ~ 설정되어 있군.

(가)의 ~, (나)의 ~ 제시되어 있군.

(가)의 ~, (나)의 ~ 표상되어 있군.

(가)의 ~, (나)의 ~ 함축하고 있군.

(나)는 ~, (다)는 ~ 인식을 드러내는군.

~ 중심으로 ~ 드러낸다.

~ 중심 제재를 ~ 태도를 암시하고 있다.

~ 중심 제재에 대한 ~ 태도를 드러내고 있다.

~ 중심 제재와의 ~ 거리를 부각하고 있다.

~ 중심 제재의 ~ 속성을 강조하고 있다.

~ 중심 제재의 ~ 표현하고 있다.

㉠과 ㉡은 ~ 감추려 한다.

㉠과 ㉡은 ~ 모습을 보인다.

㉠은 ~, ㉡은 ~ 대비한다.

㉠은 ~, ㉡은 ~ 최소화하려 한다.

㉠은 ~, ㉡은 ~ 모습을 보인다.

ⓐ와 ⓑ는 모두, ~ 말한다.

(가)에서 ~, (나)에서 ~ 드러낸다.

(가)에서 ~, (나)에서 ~ 대응된다.

(가)에서 ~, (나)에서 ~ 나타낸다.

(가)에서는 ~, (나)에서는 ~ 드러낸다.

(가)에서는 ~, (나)에서는 ~ 담아낸다.

(가)와 (나)는 모두, ~ 드러낸다.

(가), (다)에서는 모두 ~ 드러내고 있다.

(가), (나), (다)는 모두 ~ 제시한다.

(가), (나), (다)에서는 모두 ~ 이끌어 내고 있다.

스스로 시 독해법을 익혀 시를 읽고 이해하는 시간을 단축하면, 위의 선택지들이 적절한지 또는, 적절하지 않은지 더 빠르고, 더 정확하게 판단하여 정답을 찾을 수 있다.

독해력이 성적이다.

2. 수능 국어 영역 출제 시인, 작품, 학년도 목록

1994학년도부터 2026학년도까지 44명의 시인,
78편이 출제되었다. 출제연도는 괄호로 표시했다.

강은교 〈우리가 물이 되어〉(2003)

고은　　〈선제리 아낙네들〉(2011)

고재종 〈감나무 그늘 아래〉(2026)

곽재구 〈은행나무〉(2005), 〈구두 한 켤레의 시〉(2012),
　　　　〈사평역에서〉(2014)

김관식 〈거산호2〉(2022)

김광규 〈나뭇잎 하나〉(2009), 〈묘비명〉(2018)

김광균 〈외인촌〉(2000), 〈와사등〉(2008)

김광섭 〈산〉(1996)

김기택 〈풀벌레들의 작은 귀를 생각함〉(2016), 〈새〉(2020)

김동환 〈산 너머 남촌에는〉(2012)

김명인 〈그 나무〉(2011)

김소월 〈산〉(1994), 〈삼수갑산〉(1996), 〈진달래꽃〉(1999)

김수영 〈폭포〉(1994, 2013), 〈사령〉(2008),

이시영 〈마음의 고향6-초설〉(2013),

　　　〈마음의 고향2-그 언덕〉(2021), 〈그리움〉(2026)

이용악 〈그리움〉(2002, 2021), 〈낡은 집〉(2005)

이육사 〈자야곡〉(1996), 〈꽃〉(1999), 〈교목〉(2007),

　　　〈강 건너간 노래〉(2018), 〈초가〉(2022)

이형기 〈낙화〉(2014)

장석남 〈배를 밀며〉(2025)

정끝별 〈가지가 담을 넘을 때〉(2024)

정지용 〈향수〉(2000), 〈인동차〉(2006), 〈조찬〉(2015)

조지훈 〈석문〉(1994), 〈승무〉(2010), 〈파초우〉(2014)

최두석 〈낡은 집〉(2015)

프로스트 〈가지 않은 길〉(2001)

한용운 〈찬송〉(1994), 〈나룻배와 행인〉(2003),

　　　〈님의 침묵〉(2009), 허수경 〈혼자 가는 먼 집〉(2025)

황동규 〈즐거운 편지〉(1997), 〈조그만 사랑 노래〉(2006)

이 책에 실리지 않은 수능 출제 현대시는 블로그(https://blog.
naver.com/bact-beat) 내 '수능 출제 현대시 독해' 카테고리에서
찾아볼 수 있다.

뜯어 모아 엮어라!
시어로 시어를 독해하라!

이과생을 위한 시 독해 매뉴얼

초판 1쇄 발행 2026년 3월 18일

지은이   김배균
펴낸이   박영미
펴낸곳   포르체

책임편집   유나
마케팅   정은주 민재영
디자인   엄진욱

출판신고   2020년 7월 20일 제2020-000103호
전화   02-6083-0128
팩스   02-6008-0126
이메일   porchetogo@gmail.com
인스타그램   porche_book

ⓒ 저자(저작권자와 맺은 특약에 따라 검인을 생략합니다.)
ISBN 979-11-94634-83-6 (53810)

여러분의 소중한 원고를 보내주세요.
porchetogo@gmail.com